な誓約

杉原朱紀

幻冬舎ルチル文庫

CONTENTS ✦目次✦

✦傲慢な誓約

✦イラスト・駒城ミチヲ

✦カバーデザイン＝久保宏夏(omochi design)

✦ブックデザイン＝まるか工房

傲慢な誓約

都内にある、高級ホテルの一室。

洗練されたデザインと柔らかなベージュを基調とした色合いで彩られた内装は、日本でも指折りと評判を得るだけの華やかさと、身体《からだ》を休めるというホテル本来の落ち着きとを兼ね備えている。

華美になりすぎれば落ち着きを失い、簡素すぎれば個性を失い埋没してしまう。そのバランスは存外難しく、けれどここはそれらを上手《うま》く調和させていた。

(まあ、だがそれも使う人間次第か)

リビングルームの中央近くに配された、スリーシーターのフレンチベルベットソファ。スプリングやクッションだけでなく、生地の風合いにまで拘《こだわ》りが窺《うかが》えるそれは、本来ならばゆったりと腰《こし》を落ち着けるためのものであるはずだ。

だが、今そこに座っている男は、どこからどう見ても落ち着きなどという言葉とは無縁だった。

テーブルのみならずソファの上にまで様々な書類を広げ、それらを見比べながらノートパソコンに何かを叩《たた》き込んでいく。一瞬どこかのオフィスかと錯覚してしまいそうなその光景は、久隆《くりゅう》義嗣《よしつぐ》がここへ来てからずっと目にしているものであった。

「仕事がなけりゃ生きていけねぇ……ってな」

ぼそりと呟《つぶや》いたそれに、ぴたりと手を止めた男——篠塚《しのづか》冬貴《ふゆき》がこちらを睨《にら》みつけてくる。

眼鏡越《めがねご》しの切れ長の瞳に宿る、わずかな怒りの色。予想通りの反応に、わけもなく笑みが浮かびそうになってしまうのを、久隆はどうにか抑えた。

「何かおっしゃいましたか」

声を低くした問いは、温度を感じさせないひやりとしたものだ。

色白のほっそりとした輪郭の中に、少しのずれもなくパーツが収められたような容貌《ようぼう》。優美なラインで形作られた顔立ちは完璧なまでに整っており、だがそれ故《ゆえ》に、表情をなくすと精緻《せいち》な西洋人形のような硬質さが強調され冷淡な印象を与えていた。

それに加えて、ぴんと伸ばされた背筋から窺える隙《すき》のなさ。人によっては声をかけることすら躊躇《ためら》うであろうそれは、折角の美貌をむしろ堅苦しいものに仕上げていた。

(まあ、鑑賞用にはもってこいだが)

面食いの自覚はある。それは自他共に認めるところであるが、それよりも、久隆はその冷たさの中に感情が宿る瞬間を見ることに興味を覚えていた。

だからだろうか。冬貴を前にすると、つい怒らせるようなことを言ってしまう。

「いや?　将来上に立とうっていう人間にしちゃあ、時間貧乏だとね。その余裕のなさじゃあ、下につく人間は大変そうだ」

わざとらしく肩を竦《すく》めてみせれば、案の定冬貴が不愉快そうに表情を変える。すでに何度も繰り返されているやり取りに、冬貴の隣に立つ男——和久井《わくい》も苦笑を浮かべるばかりだった。

「時は金なりという言葉を知りませんか」

「急《せ》いては事を仕損ずる、ともいうな」

屁理屈《へりくつ》を、と顔全体に書いてこちらを睨みつけてくる冬貴に、もう少しからかってやりたいと思いつつも、とりあえず収めることにする。ぞんざいな口をきいてはいるが、あくまで相手は客だ。引き際を間違えれば、取り返しのつかない事態を引き起こす可能性もある。

「まあ、一人でここを出るんでなけりゃ、仕事は幾らしていただいても構いませんよ」

肩を竦めてそう告げれば、冬貴がわずらわしそうに眉《まゆ》を顰《ひそ》めた。環境的に人から世話をされるのには慣れているはずだが、四六時中ついて回られるのはまた違うのだろう。

（六割はうっとうしい、四割は俺が気に入らないってとこか）

そこはあえて自分がそう仕向けた部分もあるのだが、思ったより気の強い反応をする冬貴が面白くてついついからかってしまうのだ。

「だから私は、警護なんかいらないと言ったんだ……大体……」

これの、どこがボディーガードなんだ。

無言のまま、だが不信感も露《あらわ》な視線がそう語っている。その様子に、久隆は壁に凭《もた》れた背を外し、にっと口端を上げてみせた。

「言っただろう？　最高ランクの警護をお約束します、ってな」

◇◇◇

それは、数日前の出来事だった。

「ボディーガード？」

篠塚商事株式会社、本社ビル会議室。その中の一室で、冬貴は正面に立つ父親の第三秘書――和久井豊《ゆたか》の言葉に微《かす》かに眉を顰めた。どういうことだと視線で問えば、和久井が先を続ける。

「先日の件で、今朝、会長からそのようにとお話がありました」

「……報告したのか」

「申し訳ありません」

言い訳もせず深々と頭を下げた和久井に、冬貴は並べられた長机に軽く腰を預けて小さく溜息《ためいき》をついた。

『会長』とは、冬貴の父親である篠塚雅之《まさゆき》のことだ。

遡《さかのぼ》れば旧財閥《ざいばつ》系の流れを汲《く》む、日本でも有数と言われる大企業、篠塚グループ。その中核である篠塚商事は、バブル崩壊やリーマンショックを経てなお、この不況下でもどうにか良好な経営状態を維持していた。

いまだ主要会社の持株半数以上を親族が保有するいわゆる同族経営であり、その割合も取締役会長と取締役社長が最も多い。

篠塚本家当主、そしてグループ会長である雅之は名実ともにトップであり、今年二十八歳になる冬貴は本家次男という立場だった。そして和久井は、会社では会長付秘書の一人として働いているものの、同じく会長第一秘書である和久井の父親が昔から篠塚家で働いているため、幼い頃から半ば一緒に育てられた兄のような存在でもあった。

（口止めはしたが……まあ、無駄か）

一昨日《おととい》の夜のことだ。仕事から帰ると、冬貴が暮らしているマンションの部屋に、空き巣に入られた痕跡があったのだ。

施錠されたドアを開いた直後、部屋の異変に気づき、そのまま中に入ることはせず警察へと通報した。その後、事情聴取やらの雑多な手続きに時間を取られ、結局全てが終わったのは日が変わって随分経った頃だった。

部屋の中は、目も当てられない状態となっていた。何を探していたのか、そこかしこが荒らされており、だが現金を置いていなかったせいか不思議なことに何も盗られてはいなかった。それにしても普通なら、ここまで荒らさず金になりそうな物を持って出ていくものだが。

そう言いながら指紋を採取していた警察は、空き巣に慣れていない人間の犯行かもしれないと漏《も》らしていた。

突然の出来事に多少は緊張していたのだろう。警察が帰った後で激しい脱力感に襲われ、かといって知らぬ間に他人に踏み込まれた部屋でのんびり休む気にもなれず、片付けついでに盗られた物がないか見て回って朝まで過ごしたのだ。

翌日、割られていた窓ガラスの修理を頼まねばならず、だが仕事を休むこともできなかったため、仕方がなく和久井に事の次第を説明して手配を頼んだ。その際、父親には黙っていてくれと頼んだが、やはり筒抜けになってしまったようだった。

(和久井を責めても仕方がないのはわかっているが)

謝罪したということは、冬貴の意図を理解した上で報告したということだろう。

警察が来ている間にも帰った後にも確認したが、やはり盗られたものは何もなかった。被害届は出したが、余計な心配をかけるようなことを父親の耳に入れたくなかったのだ。

だが、会長直々《じきじき》に何かあれば報告するようにと言いつかっている秘書を、冬貴の頼みに反して報告したからといって責めるわけにはいかず、文句は全て胸の内に押し込めた。

「心配、なさっておられましたよ。会長自ら、信頼のおける警備会社へご連絡くださったようです」

「そうか」

心配はありがたい。余計な手間をかけさせてしまったことも、申し訳なく思う。

(だが、さすがに……)

「早速ですが、本日午後六時に警備会社の責任者の方が挨拶と打ち合わせのため、こちらへいらっしゃるそうです。役員用の応接室にお通ししますので、そちらにいらしてください。生憎《あいにく》、会長は先約があり同席できませんので、後は冬貴様にお任せすると」

続けてさらりと告げられたそれに、冬貴が目を瞠《みは》る。

「待て、もうそこまで話が進んでいるのか？」

昨日の今日でそんな話になるとは思わなかった。思わずそう告げると、和久井がいささか申し訳ないといったような表情を浮かべた。

「会長命令、とのことです。今はまだ、色々と会社の方が揉《も》めていますから。用心に越したことはないと」

その言葉に、言おうとしていた『大袈裟だ《おおげさ》』という言葉をかろうじて飲み込む。

空き巣など珍しいことではない。命を狙われたわけでも襲われたわけでもないのに、ボディーガードは正直やり過ぎだと思う。だが一方で、篠塚という名前と立場の重みも知っているため、一蹴《いっしゅう》することもできない。自分一人で被害が済むことなら、まだいい。だが、一番可能性が高いのは自分を取引材料にされることだ。

現在、篠塚商事では、一部の不採算事業縮小のために早期退職者募集を行う一方、新エネルギー発電の関連事業で、提携会社との契約が佳境に差しかかっているなど、揉め事になりそうな案件を幾つか抱えている。

またそれとは別に、一年ほど前、雅之が会長職へと退く際に取締役会の決議で篠塚以外の人間が社長に就任したことで、一族あげての大騒ぎとなった。そちらもいまだ落ち着いておらず、不穏な噂《うわさ》が漏れ聞こえてくる。一族外の社長就任は、父親が会社の今後を考えて働きかけたことであり、社長となったのも父親が最も信頼を置き能力を買っていた部下だった。

それでも、いつか自分達の誰かにその席が回ってくる——もしくは、自分達の影響が及ぶ相手がなるだろうと高《たか》を括《くく》っていた親類達は、予想外の事態に反発を強め、現社長と会長の両者を引き摺《ず》り下ろしてやろうと画策しているのだ。

中も外も不穏な条件が揃《そろ》っている現状で、父親が冬貴の身を必要以上に案じるのも無理はなかった。そうなるだけの原因が、過去にあったのだ。

(この際、仕方がない。何事もなければすぐに終わるだろう)

警護自体が嫌なわけではない。ただ、仕事でもそれ以外でも愛想よくできるような性格ではないため、見ず知らずの人間について回られたくなかっただけだ。

「期間は？」

「とりあえずは、一ヶ月。それ以降は、状況次第になるかと」

「一ヶ月……仕方がないとはいえ長いな」

和久井の表情から、それでも最低限に抑えたのだということが読み取れる。

「警護にかかる費用も、馬鹿にならないだろうに」

溜息まじりの、資産家の息子《むすこ》とは思えない言葉に、堪《こら》えきれないといった小さな笑い声が響く。

「篠塚でそんなことをおっしゃるのは、冬貴様だけでしょうね」

会長秘書としてのそれより幾分柔らかくなった声に、目を眇《すが》める。昔から『様』と普段の敬語だけはやめてくれと言ってはいるのだが、何度言ってもあっさり流されてしまう。

「この不景気、油断していたら大企業であれ簡単に足を掬《すく》われる。無駄な支出はなるべく抑えて、その分有益な事業にでも投資した方がよほどましだ」

言葉の裏で、一部の役員達――むろん、ほとんどが遠くはあれど親戚《しんせき》だ――の、昔の悪習のみを取り入れたようなパフォーマンス的な金の使い方に嫌悪を滲《にじ》ませる。

幸い現取締役社長の経営手腕は、会長にひけをとらぬものとして評価されている。これで甘い汁だけを吸い上げようとする存在さえなければ、グループも安泰だろう。

だが組織というものは、幾ら上手くいっているように見えても、他人を追い落とし自身の利益だけを求めようとする人間が必ず現れる。現にそういった争いに本家の血を引く冬貴を担ぎ出そう、また逆に弱みを握ろうという輩《やから》は多く、だからこそ個人の問題で目立ったことはしたくなかったのだ。

もちろん、今回のことに関しての費用は会長のポケットマネーから出るのだろうが、騒ぎ立てる人間達にそんなことは関係がないのだ。

「冬貴様の身の安全を確保することは、無駄なことではありませんよ。お気持ちは、重々承知していますが……」

その先を言わないまま頭を下げる和久井に「わかっている」と告げた。冬貴とて、あの空き巣が全く気になっていなかったわけではない。被害がなかったというそれが、逆に薄気味悪かったのも事実だ。

「悪い、心配させた」

素直にそう呟けば、和久井がほっと安堵《あんど》の表情を浮かべる。

「いえ。先方も、優秀なボディーガードを派遣してくださるとのことです。タイミングがよかったそうですよ。会長からのお墨つきもいただいていますし」

これで、少し安心できます。そう言って微笑《ほほえ》んだ和久井の言葉に、大人《おとな》しく納得するんじゃなかったと冬貴が後悔したのは、この数時間後のことだった。


空気が変わった。

応接室の扉が開かれた瞬間、冬貴は根拠もなくそう思った。ぼんやりと見ていた窓の外から視線を外して、ソファから腰を上げる。

和久井に促され音もなく執務室に入ってきた男の姿に、冬貴は少なからず驚いた。自身の持つボディーガードのイメージ——厳《いか》つい男というそれと、入ってきた人物の姿がかけ離れていたからだ。

自身の身体に合わせたピンストライプのブラックスーツを身に纏《まと》った男は、エリートサラリーマンと言われても違和感がない。鍛えても筋肉がつかない冬貴に比べれば、肩幅もあり遙《はる》かに逞《たく》ましいと表現できる体格ではあったが、筋肉質というよりは実際に必要な部分がきちんと鍛えられているという印象であった。

毛先にわずかな癖のある黒髪は、サイドの部分だけが緩く後ろに流されている。襟足《えりあし》に届く程度の長さのそれは、下手《へた》をすれば粗雑にも見えかねないが、日本人にしては若干彫りの深い顔立ちによく似合っていた。

そうして観察すれば、冬貴より幾らか年上であろう男の顔がはっと人目を引く強い印象を持っていることに気づく。一見軽そうに見える容貌の中で、こちらを見据える鋭い視線だけが獰猛《どうもう》さを孕《はら》んでいた。余裕のある笑みを浮かべているのに、目は笑っていない。

まるで、鋭い爪《つめ》を持った鷹《たか》に睨まれているような感覚に、背筋にひやりとしたものが流れる。だがすぐに、初対面の相手に恐れを感じた自分に苛立《いらだ》ちを覚え、男の視線を睨み返すように受け止めた。

その瞬間、男の表情がわずかに変わった気がした。だが、扉が閉まる音に気を取られた一瞬で、それはかき消えてしまっていた。

「初めまして。結城《ゆうき》総合警備保障の久隆です」

ソファから離れ、客人を迎えるために入口へ向かった冬貴を前にぴたりと足を止めた男――久隆が、流れるような仕草で名刺を差し出してくる。

「篠塚冬貴です」

それを受け取りながら、自身のそれを同じように渡す。ちらりと視線で確認すれば、シンプルな白い名刺には会社名と警備部主任という肩書き、そして久隆義嗣という名が印刷されていた。

「こちらへどうぞ」

応接室の中央に置かれたソファへと促す。そこに腰を落ち着けた後、一旦部屋を出ていっていた和久井が自らお茶を運んできたのを機に「早速ですが」と、久隆が口火を切った。

「今回は、依頼人である雅之氏との契約が成立しています。警護対象は、篠塚冬貴氏。危険度はハイリスク、期間は本日から一ヶ月間、二十四時間体制でとのことです。また、警護計画はこちらに一任してくださるとのことでしたので、計画書をお持ちしました。ご確認願います」

さらさらと説明されたそれと同時に、久隆は足下に置いたアタッシュケースから封筒を取り出し、さらに中から書類の束を引き出す。封筒と共にテーブルの上に置かれたそれを、眉を顰めながら取り上げた。

（昨日依頼されたにしては、早いな）

一番上に置かれた紙は、契約書だろう。父親の字で署名されている。そして、警備責任者として久隆の名が記載されていた。いつもの癖で、書類におかしな部分がないかを確認しながら読み進めているうちに、ある部分でぴたりと冬貴の視線が留まった。

「どうして警護期間の滞在場所が、家ではなくホテルに？」

眼鏡の下で目を細め指摘すると、久隆が表情を変えず続ける。

「第一に、雅之氏からのご要望を受けてのことです。第二に、失礼ですが、契約が完了した時点で、日常的にあなたが立ち寄る場所については事前調査をさせていただきました。今お住まいのマンションも、確かにセキュリティ面ではそれなりにしっかりしていますが、十分ではないと判断いたしましたので」

「警護は、場所を選んでするものではないでしょう」

先ほどの苛立ちが残っているせいか、常になく冷淡な言葉で告げる。背後に立った和久井が、ほんの小さな声で「冬貴様」と窘《たしな》めるような声を出したが、構わず久隆を見返した。

どうして自分でもここまで苛立つのかわからない。だが、滞在場所を勝手に決められてしまった上、自宅が安全ではないという言葉に引っかかったのだろうと自身を納得させた。

「おっしゃる通りです。ですが、回避可能な危険に対しあらかじめ避ける手立てをとる場合はあります。もちろん、通常はクライアントとの話し合いの中で決めていくものですが」

「私は、了承していません」

その言葉に、久隆がふっと口元を緩める。それは、決して優しげなものではなく、むしろ子供を相手にするような雰囲気を滲ませていた。

「お忘れですか？　今回のクライアントは、雅之氏です」

「……っ」

言葉を詰まらせた冬貴に、だが言いすぎたと思ったのか、久隆が「申し訳ありません」と背筋を正して続ける。

「先日、ご自宅に空き巣が入ったと伺っています。被害はなかったとのことですが」

突然の質問に、眉を顰めながら「ええ」と呟いた。

「玄関の鍵は開いていましたか？」

「いえ、帰った時には閉まっていました。窓ガラスが割られていたから、そちらから出入りしたんでしょう」

そこまで言って、違和感を覚えて口を閉ざす。

冬貴の部屋はマンションでも上層に位置するが、それでも上から数階分の距離はある。たとえ人目の少ない時間に犯行が行われたのだとしても、窓より玄関から出入りした方が見つかるリスクは少ない気がした。それに、ベランダ側は、人や車の通行量が比較的多い道路に面している。最上階近くならともかく、そうではない場合、そちらから出入りするメリットはあるのだろうか。

（空き巣に詳しいわけじゃないから、なんとも言えないが）

慣れた人間には部屋の位置など関係ないのかもしれないし、恐らく、住人が戻ってきた時のリスクを考えて玄関を使わなかったのだろう。

そう考えて浮かんだ疑問を打ち消していると、久隆が淡々とした口調で続けた。

「和久井氏から部屋の状況をお聞きしましたが、単純な空き巣にしては幾つか疑問が残ります。窓ガラスも、カモフラージュのために割られたという可能性もある」

玄関の開け閉めができる立場の人間であることを隠すため。そして、隠す必要がある。久隆が示唆するある一つの可能性に辿《たど》り着き、目を眇めた。

「知り合い……身内を疑えと言うんですか？」

低く唸《うな》るように告げると、久隆は表情を変えることなく沈黙した。泰然とした態度のまま、だが決して否定しないことから、それも視野に入れていることがわかる。

「見当違いだ」

むっとして立ち上がろうとすると、久隆の言葉に制される。

「それだけとは言いません。可能性は、考えるだけ出てくるものです。昨今、人間関係も物騒ですからね。付き合っていた相手がストーカーになる場合もあります」

「生憎ですが、周りにそういった人間はいません」

正直なところ、ここ数年――働き始めてからは仕事第一で付き合った相手自体がいないのだが、それを言うのも癪《しゃく》に障《さわ》るため黙っておく。

「そうおっしゃる方は多いですが、親しいと思っている周囲の人間全てが自分に対して善意を持っているとは限りません。あなたのような立場の方であれば、そういった経験もおありでは？」

そんなことはわかっている。心の中で呟きながら冬貴が睨みつけると、久隆が軽く肩を竦めて続けた。

「もちろん、あなたの考え方に口を出すつもりはありません。何事に対しても危険が潜んでいる。そう考えるのは、こちらの仕事です」

相手の言い分は、筋の通ったものだ。警備する側が、周囲にも警戒の目を向ける必要があるのは理解している。だが、どうしても胸の奥の苛立ちが去らなかった。

平素から誰かに対してこんなふうに反感を覚えることなどないのに、どうしてか久隆に対しては素直に頷《うなず》くことができないでいた。心の奥底でそんな自分に困惑しながら、ほんの少し冷静になってきた部分で考える。

仕事や家の中でのことなら、どんなことを言われても聞き流すことができる。自分が感情に任せて何かをすれば、それがそのまま父親や会社の評判へと繋《つな》がる。そのことが、冬貴にとって最大の歯止めになっていた。

それに、陰口も悪意も幼い頃から当たり前のように身近にあったため、それなりに耐性がついている。腹を立てても仕方がない。そう溜息をつけば、いつもそれで気持ちは切り替えられた。なのに、どうして。

ふと、正面に座る久隆と視線が合う。細められた瞳に浮かぶ——まるで面白がっているかのようなそれに、ふとあることに思い至った。

（遊ばれて……いる？）

唐突なそれは、すぐに間違いないという確信に変わる。

何かを言われたわけでも、されたわけでもない。だが、向こうがこちらを、仕事相手として認識していない——むしろ、もっと目下の人間を相手にしているような気配すら感じるのだ。向こうの答えにこちらがどう答えるか。それを観察し、楽しんでいる節《ふし》すらある。

それに、終始丁寧ではあるが、久隆の態度はどこか芝居じみていた。マニュアルをなぞっているというのとも違う——言葉にはできない、違和感。

空き巣に入られた程度で警護を頼むなど大袈裟だ。冬貴自身、確かにそう思っていたし今でもそう思っている部分はある。だが、それとこれとは別だ。仕事に対して真摯《しんし》さを持たない、少なくともそう感じる人間は、信用しないことにしている。

被害妄想だと言われるかもしれない。だが、冬貴のこの手の直感は実のところ外れたことがなかった。特に仕事に関しては顕著で、父親からも時々意見を聞かれることがある。

「警護は不要です。帰ってください。あなたがどれだけ優秀かは知りませんが、私はあなたに仕事を依頼したいとは思いません」

冷たく言い放ち、今度こそ立ち上がる。背後から「冬貴様！」と和久井の慌てた声が聞こえてきたが、無視してその場を去ろうとした。

「残念ですが、それはこちらの一存では決めることができません。どうしてもとおっしゃるなら、直接雅之氏とお話しください」

けれど久隆は腰を上げることすらしない。その悠然とした態度と慇懃《いんぎん》な口調に、自分の狭量さを見せつけられているようで奥歯を噛《か》みしめた。

だがその瞬間、ふ、と久隆の口端が上がる。

訝《いぶか》しみながら様子を窺うと、堪えきれないように下を向いた久隆が肩を震わせ始めた。

「なるほど、確かにこれは……」

かろうじて声は抑えているものの愉快そうに笑う久隆に、何がおかしいと睨みつける。さっき会ったばかりの人間に笑われる覚えなどない。

「いや、申し訳ない。滞在先の件については、雅之氏からあんたを説得できればという条件をつけられている。どうしても嫌だというなら、考慮する」

唐突に砕けた口調に驚き、反論するより先にぽかんと目を見開く。

口調とともにがらりと変わった雰囲気。仕事相手に対して、というのなら無礼きわまりないそれに、だが不思議と失礼だという気分にはならなかった。ただ、こちらを検分するような視線を隠さなくなり油断のならないものを感じさせる。

突然のことに言葉を発することができないでいる冬貴をそのままに、ただし、と久隆が続けた。

「さっきも言ったが、こちらとしてはあらゆる可能性を想定する必要がある。それが、たとえあんたの意に染まぬことであっても、だ」

警察ではないのだから、疑った相手に対して何かをすることはない。けれど、仕事として契約を交わした以上警護対象は何があろうと護《まも》りきる。そのために必要な情報は可能な限り集め、相手やその狙いも推測する必要がある。そうきっぱりと告げた久隆に、冬貴はぐっと拳《こぶし》を握りしめた。

目の前の人物は、あくまでも『警護対象の安全』を前提に考えているだけだ。それは仕事柄、当然であり正しい意見だ。

（だが）

「護られる側の人間に、不快感を与えていいという理由にはならないだろう」

自分でもわかっている。これは言いがかりだ。先ほどよりも勢いが弱まったことを感じ取ったのか、久隆がゆったりと笑いながら脚を組んだ。

「どれが不快だったかはわかりかねるが」

あんたの身辺を疑うことについてなら撤回はしない、と告げた久隆は、不意に思いついたように口元に笑みを刷《は》いたまま付け加えた。

「この喋《しゃべ》り方のことなら、嫌なら元に戻します。どうも丁寧なのは苦手でしてね。こちらとしては誠心誠意話しているつもりなのですが、よく慇懃無礼だと言われてしまうんですよ」

いつもは海外で仕事をしているため、英語で話すことが多い。だから日本語はいささか苦手なのだと。肩を竦めながらのそれに、嘘《うそ》をつけ、と内心で悪態をついた。

だが同時に、冬貴はつい先ほどまで久隆に感じていた、馬鹿にされているような不快感がなくなっていることに初めて気づいた。

「いや」

それはそのままでいい、と口にするのは何となく負けた気がしてできなかった。けれど意図は伝わったのだろう、久隆は何も言わず砕けた口調で続ける。

「どのみち、部屋は荒らされたままだろう？　片付けるにも、それなりに時間がかかるはずだ。なら、足の踏み場もない自宅にいるよりはホテルにいた方があんたも落ち着くだろう」

そこで久隆は一旦言葉を止めると、浮かべていた笑みを消した。

「ただの空き巣ならまだいい。それ以外の可能性があるから、雅之氏は依頼した。それくらいは、あんたもわかっているはずだ」

一瞬で部屋に緊張感が漂い、息を呑《の》む。知らず後退《あとずさ》りそうになったが、背後にあるソファがそれを留《とど》めた。

「もしそうだった場合、玄関から入ったとしても犯人が鍵を持っていたとは限らない。プロの犯行である可能性もある。被害がなかったというなら、目的の物は手に入れられなかったんだろう。そうなった場合、向こうがどう出るか。あんたにだって、想像くらいはできるだろう？」

自身のテリトリーである家が安全ではないのだと、知らしめるようなそれ。

そんなことに頭が回らないわけじゃあるまい。久隆の言葉は、暗にそう言っているようだった。さすがに落ち着いた今は、それを考えることができる。ただ、そこまで考えが至っていなかったことも事実で、冬貴は言葉を詰まらせた。

くやしいが反論の余地はない。この男自体は気に入らないが、何かあった時に後悔するのは、自分ではなく父親なのだ。

「……わかりました。警護はこのまま進めて貰《もら》って構いません」

気を取り直しそう告げれば、久隆が何か言いかけたような気がした。だが、微かすぎるそれを冬貴がはっきり認知するよりも早く、再び慇懃な態度へと戻ってしまう。

「では、そのように」

言いながら立ち上がった久隆は、冬貴に向かって一礼した後真《ま》っ直《す》ぐに背筋を伸ばした。

「最高の警護を、お約束します」

にっと笑んだその表情に、冬貴は早くも憂鬱《ゆううつ》な気分になりながら、溜息をついた。

◇◇◇

定時の退社時間を二時間ほど過ぎた頃、いまだ人の行き交う廊下を歩きながら冬貴は溜息をついた。慣れてきたとはいえ、また久隆達についていて回られるのかと思えば多少気が重かった。

心の中で文句をつけながら、冬貴は鞄《かばん》を持つと職場を後にした。お疲れ様、と誰ともなしにかけた声に、ぱらぱらと「お疲れ様です」という答えが返ってくる。

大体、あれじゃあ軟禁だろうが。

「何が、最高の警護だ」

仕事が終わり、夜になるとホテルに戻る生活も数日が経った。警護の間、会社からホテルまでは、和久井と久隆が必ずついている。連絡しない限りは七時半には退社すると伝えているため、二人とも地下の駐車場にいるだろう。

本格的に警護が始まって以降、冬貴は着替え等身の回りのものだけ持って篠塚グループ傘下の最高ランクのホテルに移った。

最上階近くの、ロイヤルスイート。そのホテルで最もいい部屋であり、通常は要人などにしか提供していない。ワンフロア全てを使用したそこは、リビングルームやダイニング、ベッドルームといったプライベートな部屋とは別に、ゲストルームやミーティングルームなどが完備されている。

二十四時間体制の警備は、一人や二人でするものではない。責任者の久隆を筆頭に、二、三人が交代で行っている。詳細は聞いていないが、その他にも見えない場所で警護している人間がいるそうだ。

以前から世話になっている警備会社ではあるが、ここまでの人数が出てきたのは初めてだ。業界では大手の部類に入るが、個人の――要人でもない依頼人相手によくこれだけの人数が割けたものだと、感心半分、呆《あき》れ半分に溜息をつく。

「どこぞのＶＩＰというより、容疑者扱いだな」

仕事に関してはあまり制限されていないが、出張の予定などは事細かにチェックされている。出張先にもついてくるのかと問えば、当たり前だろう、と当然のように返された。

冬貴は現在、篠塚商事の営業部第二グループに所属している。

一つ前にいた海外事業部内の部署では海外出張が多かったが、今は担当業務の取引先がほぼ日本――それも都心に本社や事業所を持っているため、さほど移動が多くないのが救いだった。仕事だと言えば出張まで制限されることはないだろうが、後々経費としてこちらに請求がくるのだから、あまり長距離移動はしたくなかった。

（貧乏性で何が悪い）

脳裏を過《よぎ》った、社内で聞こえてくる失笑混じりの噂に、口には出さず言い返す。

『御曹司《おんぞうし》って感じじゃないよなー。色んな意味で普通っていうか。仕事はできるけど、真面目《まじめ》だし融通きかないし。着てるものも普通じゃん。昼なんか普通に社食だぜ。金あるんだから、もうちょっといいもん着たり食ったりすればいいのに。案外、貧乏性だよな』

ああ、けど、あの愛想のなさは御曹司っぽいな。どうせ上に立つ人間だからって、俺達のこと見下してんだよ、きっと。

御曹司という言葉からのイメージとのギャップを並べ立て、面白おかしく噂の種にする。そういった人間は、何歳になってもどこに行ってもいるものだ。入社以来、父親の意向もあり幾つかの部署を一～二年ごとに異動しているため、名字《みょうじ》からの推測も相俟《あいま》って創業者一族の人間であることは周知の事実となっている。

未来の社長が、社会勉強のために働いている。そんなふうに揶揄《やゆ》されることは今に始まったことではなく、配属されたどの部署からも扱いづらそうにされていた。

幸い、前回いた海外事業部と先頃配属された営業部では、上司がそういったことを気にするタイプではないため居心地は悪くなかった。仕事さえきちんとやっていれば、それに見合った評価をしてくれる。

冬貴とて、勉強のために働いているわけではない。篠塚の――父親の会社のためになることがしたい。それは、幼い頃から冬貴が決めていたことだった。そのために、自分ができることは何でもする。周囲に何を言われようと関係なかった。

『そう肩肘《かたひじ》張ってちゃ疲れるだろう。篠塚は、少し肩の力を抜くくらいがちょうどいい』

営業部に配属された直後、早く引き継ぎを終えて周囲に追いつかねばと仕事に打ち込む冬貴に、今の上司が苦笑気味にそう言った。

長いこと同じ部署に居続ける人間もいるが、人員整理なども行われている昨今、短期間での部署異動もそう珍しいことではない。本人の希望と配属先、そして実際の得意分野がマッチしている場合ならいいが、そうではない場合、幾つかの部署を異動して適性を見極めた方がいい場合もある。短期間で異動してしまうことを、周囲以上に冬貴自身が気にしていることを察し、今自分がいる場所でできることをすればいいと諭してくれた。

『大体、どこに行っても異動前にはそれなりに成果を上げるから、海外事業部は手放したくなくてしばらくごねてたぞ』

笑いながらそう言ってくれたその声にはあっけらかんとした陽気さしかなく、素直にありがたいと思った。幸い、父親について海外に行くことも多かったことで語学に興味を持ち、日本語以外に英語とドイツ語、そして北京《ペキン》語は仕事でもそれなりに使える程度に話せる。海外企業との折衝などは性に合っていたらしく、海外事業部での仕事はやり甲斐《がい》もあった。自分が評価されることより、会社のためになったかの方が重要ではあるが、少しでも役に立っていたと知れれば嬉《うれ》しい。

冬貴の立場を知ると、六割はおもねろうとするか意味もなく反発するかで、関わり合いにならないようにするのが二割、普通の若手社員として扱ってくれる人間は残り二割といったところだ。いまさらのことなのでそれ自体はどうでもいいが、直属の上司が六割に入るとろくなことがないため、正直この人が上司でよかったとほっとした。

必要以上に手を出してくることもなく、だがフォローは忘れない。仕事に対しては厳しいが、やったことに対する評価は正当だ。上に立つ人間としては理想的だが、今の篠塚で、中間管理職という立場では色々と大変だろう。上層部の、ろくでもない身内何人かを知っているだけに、こういう人がきちんと評価される会社になって欲しいとつくづく思う。

帰ってからずっと着たままだったスーツを着替えようと、ネクタイに指をかける。

（思ったよりは制限はされてないが……）

『まあ、一人でここを出ようとするんでなけりゃ、仕事は幾らしていただいても構いませんよ』

以前ホテルで仕事をしている最中、久隆に呆れたように言われた言葉を思い出し、一人でどこかに行くなどしていないだろうと口元を歪《ゆが》ませる。

（会社で残業ができないんだ。ホテルでするしかないだろう）

警備が始まって以降、冬貴は早めに退社するようにしているのだ。忙しい時などは日が変わる頃まで仕事をしていることが常なのだが、和久井や警護の人間を待たせているとわかっている状態でそれをするのは気が引けた。

もちろんそれは、自分が気になっただけであり頼まれたわけではない。だが、気を使った相手から残りの仕事を片付けている姿を馬鹿にされて、面白いはずもない。

「ん……？」

一階に降りるエレベーターが見えてくると、ふと、そこに見覚えのある姿があることに気づく。エレベーターに向かい合うように壁際に立ち、二人で並んで話しているそれは、久隆と和久井の姿だった。

(何でここに)

思わず足を止め二人の姿を見ていると、久隆が先にこちらに気がついた。よ、と言うように片手を軽くあげて挨拶をされ、無視するのも気が引けて会釈を返す。振り返った和久井が微笑み、近づいてくる。

「お疲れ様です、冬貴様」

「……お疲れ、はいいが、どうしてあいつが社内にいるんだ」

うろんな視線を向けると、和久井が笑顔であっさりと種明かしをした。

「今日は会長が会社の方にいらっしゃいましたので、状況報告に。久隆さんに限らせていただいていますが、通常の来客手続と私が案内するという条件で、社長がフロア内への立ち入り許可もくださいました」

「仕事中に邪魔するようなことはしないから安心しろ」

和久井の後ろに立った久隆が、意地悪げな笑みを浮かべる。当たり前だ、と思いながら「とにかく帰るぞ」と二人を促した。

スーツ姿の久隆は、こうして社内にいても違和感がない。ただ、どうも視線を向けられているような気がして落ち着かないため、早くこの場から離れたかった。

タイミングよく開いたエレベーターに乗り込もうとした時、背後から慌てた声に呼び止められる。振り返ると、同じ部の男性社員の姿が見えた。異動先の営業部に所属している、入社三年目の若手——芳野《よしの》は、冬貴が引き継いだ仕事の一つを前任者の下で担当しており、今回引き継ぎとともに冬貴の下につくことになったのだ。焦ったような、そして気まずそうな声に、何かトラブルでも起こったかと身構える。

「どうした?」

少しの間沈黙した後、芳野が状況を話し始める。半ば言い訳混じりの説明の中から、現在の状況を繋いでいき、一区切りついたところで「わかった」と答えた。

冬貴が引き継いだばかりの輸入物の食料品を取り扱っている会社から、取引を中止し今後も契約更新しないと突如連絡があったらしい。来期の契約更新の内容で行き違いがあったらしく、先方を怒らせたのだ。

「すぐに戻る。今日のうちにできる対応をして、後のことはそれからだ。課長は？」

聞いてすぐ、午後から外出していたことを思い出す。場合によっては、課長にも出てきてもらう必要があるだろう。直帰のはずです、という答えに、状況報告の連絡を入れておいてくれと指示を出した。

「二人とも、悪いがもうしばらくかかる」

先に帰っていて貰う、という選択肢がないため、一方的に告げると踵《きびす》を返した。きっと車かどこかで待っているだろう。そう思い、フロアに戻りながら意識を仕事へと戻す。

「俺は契約書をもう一度確認しておくから、議事録と契約に関するメールをできる限り集めて見せてくれ」

自席に戻ると、状況を見守るような視線が周囲から集まる。鍵のかかったキャビネットからファイルを取り出すと、コピーした契約書に目を通す。全体的に読み返し、先ほど断片的に聞いたトラブルの元になった部分を重点的にもう一度確認する。すると、冬貴が帰ろうとするのと入れ違いに外出先から帰ってきていた数年先輩に当たる同僚が、同情と好奇心が半々といった表情で近づいてきた。

「大丈夫か？」

「状況を聞いただけなので、何とも。とにかく契約書と説明の齟齬《そご》を確認して、今日のうちに先方に電話します」

「何か手伝うか？」

「いえ、今のところは」

契約書から目を離さずにそう告げると、若干の沈黙の後、まあ頑張ってくれと溜息とともにそっと離れていく気配があった。すぐに、入れ替わるように芳野が声をかけてくる。

「……議事録とメール、ファイルサーバーに入れておきました」

「わかった。ありがとう」

「え……」

気まずげなそれに頷き、契約書を机に置くとファイルを確認する。何かに驚いたような声を出した芳野は、冬貴の傍《かたわ》らに立ち尽くし動こうとしない。それをそのままに、議事録などを読み直し、文書として残るものを確認した。言った、言わない、の話になれば前任者へ連絡しなければならなくなるが、証拠として残っているものがあれば少しは有利に話を進められる。

「先方と食い違っているのは？」

「あ、ここです。俺はちゃんと説明しましたけど……」

話を聞きながら、説明の仕方と議事録の書き方に問題があったのだろうと判断する。間違ってはいないが、契約の範囲に明確な線引きをしていなかったため、各々自分に都合のいい解釈をしてしまったのだ。

とにかく謝罪はしなければならないか、一方的にこちらの非を認めるわけにもいかない。いかに条件を飲ませるかにかかっているだろう。

「……よし」

一通り確認し、受話器を取る。ちらりと時計を確認し、八時前ならばまだ誰かしらいるだろうと判断して番号を押した。どちらにせよ「急いでかけた」という事実が大切なのだ。

「……――お世話になっております、篠塚商事の篠塚と申します」

間もなく回線が繋がり、相手が会社名を名乗る。担当者の名前を告げて保留となった時点で、傍らに立つ芳野が心配そうな表情で立っていることに気づく。軽く頷いてやると、すぐに保留音が途切れた。

「お世話になっております、篠塚商事の篠塚です。この度は、ご迷惑をおかけし大変申し訳ございません」

ひとまず、相手の気持ちを宥《なだ》めるために謝罪する。その後、お詫《わ》びと今後の話をさせて欲しいと申し入れた。聞く耳を持たず、何を言われようと契約は更新しないと不機嫌な口調で話を拒む相手に、電話を切られないよう食い下がる。

「とにかく、一度お詫びとお話をさせていただけないでしょうか。お時間をいただけるようでしたら、これからすぐにでも……はい……」

続いた相手の文句を、遮ることなくひたすら聞く。こういう場合、反論すると火に油を注いでしまう。言いたいだけ言わせなければ、その先の話は続けられない。

しばらく相づちを繰り返し、やがて文句が落ち着いた頃を見計らって言葉を挟む。

「その点に関しましては、弊社の説明不足だったかと……はい……以前、御社でのお打ち合わせの際に、議事録をお送りしているかと存じますが、その中の記載で……」

契約の認識相違については一方的に非を認めるのではなく、けれどそれと悟られないように気をつけながら、まずは交渉の場を作ることに専念した。

前任者から聞いた話では、相手の担当者は思い込みが激しい部分があるらしい。見間違いでクレームを入れてきたこともあり、契約更新に対する騒動も、芳野が担当するより前に実は一度あったという。

「ええ……はい。もちろん、契約書に関しましては、もう一度、認識を合わせた上で再度提出させていただきます。はい、それは責任を持って……え？　ええ、はい。その通りですが」

ようやく冷静になってきたらしい相手が、ふと、訝しげな声で冬貴の名字を確認する。篠塚、というそれを肯定すると、若干気まずそうな雰囲気が声から伝わってきた。

『いや、まあ、そちらがそれほどおっしゃるなら……ひとまず、話だけはお聞きしましょうか』

冬貴の名字が会社名と同じだったことで、経営者に近いと判断されたのだろう。昔は実力以外の部分で評価されるそれに苦々しさを感じたこともあったが、今はどちらかといえば開き直っている。いずれ会社の利益に繋がるのなら、それでよかった。

翌日の午後に訪問の約束を取りつけ、電話を切る。やれやれと息をつき、隣でじっと話の行方《ゆくえ》を見守っていた芳野を見上げた。

「明日の午前中に、謝罪と契約の見直しで先方に行くから準備を頼む。それと朝一で法務に行って、権利範囲部分の変更が可能かと問題がないかを、できる範囲でいいから確認してお いてくれるか。内容は……今、プリントアウトするから。念のため、間違いないか目を通しておいてくれ」

ファイリングされていた契約書のコピーを抜き取り、該当箇所に付箋《ふせん》を貼る。先ほど議事録と電話とで確認した変更箇所をテキストファイルに書き出し、印刷ボタンを押した。

立ち尽くしている芳野をそのままに、プリンターまで行き、プリントアウトされたそれにざっと目を通す。ほら、と渡すと、芳野がぎこちない動作で用紙を受け取り契約書のコピーの上に乗せた。

「契約に関しては、面倒かもしれないが、細かすぎるくらい書いておいた方がいい。口頭で説明しても相手がきちんと理解しているとは限らないから、必ず文書で送ること。とにかく伝えたという証拠さえ残っていれば、こちらの有利に話が進められる。もし契約前に文句をつけられるようなら、それは調整しながら決めていけばいい」

今回問題になったところを伝えると、わかりました、と頷く。あの、と芳野が顔を上げ、神妙な顔つきで頭を下げた。

「ありがとうございました」

どちらかといえば自尊心が強く、自分の能力を過信している部分がある芳野が素直に頭を下げたことに内心で驚く。

営業部では、よほど規模の小さな会社でない限り、責任者と窓口担当の二人一組で担当することが決められている。冬貴は責任者として引き継ぎを受けており、窓口担当の仕事となる客先との連絡や調整は、前任者の下にいた芳野が引き続き行っていた。

元々、前任者が異動したことで、自分が責任者になれると思っていた部分もあったのだろう。冬貴の下につけられて不満そうにしていたのと、慣れた会社だから任せて欲しいという希望もあり、報告を聞きフォローのための指示を出す程度にしておいたのだ。とはいえ、契約書もチェックした上で、芳野の伝えたという話をそのまま問題ないと判断したのは自分だ。

驚きを顔に出さないように気をつけ、別に、と続ける。

「問題点を見落としたのは、俺のミスでもある。今後、同じ失敗をしないようにすればそれでいい」

「はい」

神妙な顔で頷いた芳野に頷き返し、今後の対応を告げる。

「後のことは先方次第だが、仕事がやりにくくなるようなら、担当を外れて貰う可能性もある。俺は、先方さえ問題なければ続けて貰いたいと思っているが、後は、課長の判断だ」

「はい。もし問題がなければ、続けたいです」

それはきちんと伝えておく。そう言った冬貴にもう一度頭を下げ、芳野が自席に戻っていく。それを見送り、すぐに課長に電話をかけると、ひとまず落ち着いたということと、明日謝罪に行く旨《むね》を伝えた。自分も一緒に行こうというそれに礼を告げ、お疲れ様です、と電話を切る。

ひと心地つき、久隆と和久井を待たせたままだったことを思い出す。パソコンの電源を切り、鞄を手に立ち上がると、フロアの出入口へと向かう。と、そこに見慣れた二人の姿を見つけて目を見張った。

「……そこで何をしているんですか」

目を眇めたのは、久隆がフロアの入口近くにある打ち合わせスペースに座っていたからだ。もちろん、中に入れたのはその正面に座る和久井だろう。

冬貴達の席からそう離れていないため、先ほどのやり取りも聞こえていたかもしれない。そう思うと、何となく気恥ずかしさがあり、唇《くちびる》を引き結んだ。

「どのくらい時間がかかるかわからなかったので、私がお連れしました。すみません」

立ち上がった和久井にそう謝られると、それ以上文句を言うことができなくなる。元々、帰ろうとしていたところで待って貰っていたのは自分なのだ。

「意外と頼れる上司なんだな」

にっと笑いながらの久隆の言葉に、またからかう気かと眦《まなじり》をつり上げる。

「放っておいてください」

「いやいや。思ったよりいい仕事をしていたから、感心していたんだ。ひとまず落ち着いたんだろう？」

「……――はい、まあ」

不本意そうに呟いた冬貴に、和久井もほっとしたようにお疲れ様ですと笑みを浮かべる。

「電話を切る前に妙な顔をしていたが、何か言われたのか？」

何気なく尋ねられたそれに、はっと顔を上げる。そんなところまで見られていたのか。わかるほど表情に出してしまっていたことに自己嫌悪を感じながら、いえ、と言葉を濁す。

「何だ、セクハラでもされたか」

「違います！　どうしてあなたはそう……っ」

からかうような声に、久隆を睨みつける。だがすぐに職場であることを思い出し、口を噤《つぐ》んだ。ここで言い合いをすれば否が応でも目立ってしまう。気持ちを落ち着けるために、小さく溜息をつく。相手にするから腹が立つのだ。そう自分に言い聞かせる。

「……とにかく、帰りましょう」

ちらりと周囲を見ると、部外者が入っていることに気がついている者は少なそうだった。

こちらを気に留めることなく仕事をしている人々の姿にほっとしながら、二人を促した。

そういえば、久隆は長身でかつ人目を引く容姿をしているため、立っているだけでも存在感があるのだが、不思議と外では人混みに紛れてしまう。今も、自席からここが見えたはずなのに、仕事に集中していたせいか気がつかなかった。

三人でフロアを出て駐車場に向かうと、車の横に男が立っており周囲に注意深く視線を走らせている。普段は車の中で待機しているようだから、これから戻ると久隆が連絡を入れたのだろう。車に辿り着くと、冬貴は男に向かって軽く頭を下げた。

「お待たせしてすみません」

時間が決められているわけではないが、いつもより遅くなってしまったことを詫びる。いえ、と男が頭を下げるのと同時に、後部座席のドアが久隆によって開かれた。

「さ、どうぞ」

大仰《おおぎょう》な態度で車の中へと促してくる久隆に馬鹿にしているのかとむっとしつつ睨みつけ、冬貴は車の中へと足を踏み入れた。


ホテルの部屋に戻り一人になると、冬貴はほっと息をついた。和久井が準備しておいてくれた夕食を二人で食べ、その後すぐに和久井は帰っていった。

普段から、冬貴一人だとかなり食事の手を抜いてしまう。勉強などはさほど苦労したことがなかったが、家事全般にその才覚は発揮されず、特に料理は苦手だった。夕食は出来合いのものやコンビニ弁当が多く、そのことを気にしていた和久井は、この機会にと時間がある時は料理を作って持ってきてくれる。冬貴がそこまでしなくてもいいと強く言うと、今度は冬貴の実家に勤めている家政婦が作ってくれたとおかずを差し入れてくれたりしていた。

『どうせ毎日来るんだし、こんなところで一人で食べていたら気が滅入《めい》る』

そう言って、自分はいいからという和久井を付き合わせ、二人で食事をするのがここでの日課になっていた。

「いつになったら、自由になれるんだ」

スーツから私服のシャツとスラックスに着替え、溜息をつく。

なにより、自由時間が一番ままならない。どこにも出かけられないというわけではないが、何をするにも警備会社の人間がついてくる。常時背後についてこられるというのも、必要以上に神経を使う。久隆は空気と思っておけばいいと言うが、それは無理な相談だと溜息をついた。

窓際に近寄り、気分転換にカーテンの外を見ようと手をかける。今は夜なので見えないが、このホテルの近くには都が管理する庭園が広がっており、丁度この部屋のリビングルームから一望できるようになっている。

コンクリートに覆われた都心の街並みの中に、ぽっかりと広がる木々の緑。アンバランスさを感じるものの、冬貴はその光景を見るのが好きだった。

だが、カーテンを開こうとした瞬間、はっとして手を止める。

『一人の時に、カーテンは絶対に開けるな。夜は特に、窓際にも近づくなよ』

不意に蘇った声に、思い出してしまったと眉を顰める。自分の行く先をことごとく邪魔されているような気がして、腹立ち紛れにカーテンを睨みつけた。

「別に、命を狙われているわけでもないだろうに。もしそうだったとしても、こそこそ隠れるような真似《まね》をせずに、堂々としていればいいんだ」

言った後、さすがにこれは八つ当たりかと苦笑する。仕事とはいえ、万が一にでも何かあれば冬貴よりも警護している人間の方が危険なのだ。それがわかっているためとりあえず大人しくしてはいるが、さすがにこの窮屈さだけは勘弁して欲しかった。

久隆達が警戒しているため、自分まで誰かに狙われているような錯覚に陥ってしまいそうになるが、元々、発端は空き巣なのだ。ストーカー被害に遭っていたわけでもなく、誰かにつけ回されていたわけでもない。

(周りに感化されて、神経質になりすぎているのか)

溜息をつき、コーヒーでも飲もうとダイニングの奥に作られたキッチンスペースへ足を向ける。ルームサービスも頼むことはできたが、飲み物程度は自分で作れるようにと、和久井に頼んでコーヒー豆や茶葉などを準備して貰っていた。

部屋の扉がノックされ、スイッチを入れたコーヒーメーカーをそのままにリビングへと向かう。扉を開くと久隆が立っており、その後ろにもう一人、老齢の男性がいた。

冬貴よりは高く、けれど久隆には及ばないといった程度の身長。そして見慣れた、ぴしりと隙なく後ろに流して整えられた白髪混じりの黒髪と、老いてもなお精悍《せいかん》な容貌。雨が降っていたのか、スーツの上に羽織ったスプリングコートの肩が、わずかに濡れている。

その姿は見間違えようもない、父の雅之だ。

「父さん!?」

驚きの声を上げると、雅之が笑う。

「おお、冬貴。元気そうだな」

「どうしたんですか、一体。あ、座ってください。丁度コーヒーが入りますから」

ソファを勧め、ほんのわずか右脚を引き摺っている雅之が腰を下ろしたのを見届けて踵を返す。ちらりと見れば、一緒に入ってきた久隆は部屋に残るらしく、定位置とも言える入口近くの壁に背を預けていた。

部屋に誰かがいる時は、こうして必ず久隆が同席する。それもまた、警護の条件として最初に説明されていた。だが、客といっても久隆達のクライアントでもある父だ。

「お疲れでしょう、お休みになられたらどうですか」

心配いらないから出ていってくれ。その部分は言葉にせず、視線に込める。

すると、気づいて黙殺したのか気づいていないのか——恐らく前者だ——久隆は肩を竦め
「仕事ですから、お構いなく」と、そのまま腕を組んだ。

丁寧な口調はわざとだろう。その表情が幾分楽しげなことから、冬貴はひと睨みして久隆の前を通り過ぎた。

「どうしたんですか？　急にこんなところまで」

テーブルの上に並べたコーヒーに、雅之がありがとうと笑む。斜向《はすむ》かいの、一人がけのソファに腰を下ろして話を切り出した。

「どうしたも何も。お前が元気にしてるかと思って、様子を見に来たんだ。どうだ、ここの居心地は」

「すみません……」

心配をかけてしまっていることが申し訳なく、目を伏せる。

正直にいえば、あの空き巣以降なんら危険なことはなく、警護などいらないのではという気持ちの方が強い。また初対面時からの久隆の態度のせいで、被害がなかったことの薄気味悪さより腹立たしさが先に立ってしまっていて、それどころではなかったのだ。

ある意味、気晴らしになっているのだと思えばそうかもしれないが。

「はは、謝ることじゃない。久隆さんとも上手くやれているようだしね」

鷹揚《おうよう》に笑いながら告げられたそれに、いえ、と口ごもる。しっかり耳に入っているのかと肩を落とし、父親に教えた人物に見当をつけた。

「和久井ですか」

「報告するよう言ったのは私だ。窮屈かもしれないが、少しの間辛抱しなさい。仕事の方も、少し他の人間に頼ることも覚えなければ、いい仕事はできないよ。会社は一人で動かすものじゃない。逆に、誰かがいなくとも回るようにしておかなければ」

「父さん」

「あそこには他にも人がいる。だが、お前にもしものことがあったら、冬香《ふゆか》にも篤紀《あつのり》にも顔向けできないだろう」

すでに鬼籍に入っている二人の名に、苦笑を浮かべた。篤紀というのは、雅之の先妻の子供で六歳上の異母兄だ。篤紀の母親は元々身体の弱い人で、篤紀を生んですぐ病気で亡くなったと聞いている。そして六年が経ち、雅之は冬貴の母である冬香と再婚したそうだ。

十三年ほど前、母親と兄は、数ヶ月違いで他界した。

母親は、冬貴を生んだ後、一人で地方にある田舎町《いなかまち》で暮らしていた。離婚したわけでもなく、雅之と不仲だったわけでもない。だが、自分が篠塚の家に入るわけにはいかないと、そう言って一緒に暮らすことを頑《かたく》なに拒んだそうだ。

本当は冬貴を連れていこうとしていたが、それは雅之が止めたらしい。慣れない土地で、赤ん坊と二人だけで暮らすのは負担が大きすぎる。共倒れになってからでは遅い。そう説得し、冬貴は雅之に育てられることになった。

リターンアドレスのない手紙と、月に一度かかってくる電話。それだけが、母親との接点だった。雅之は母親の居場所を知っていたそうだが、固く口止めされていたらしく、教えてはくれなかった。

冬貴が物心ついてから初めて母親に会ったのは、母親が病に倒れ、手の施しようがなくなった時だった。誰にも何も言わず、病院にも行かず、激痛に耐えながら働いていたらしい。仕事中に倒れ、雅之と冬貴が連絡を受けて駆けつけた時には、何もかもが手遅れだった。

雅之は母親に生活費を送っていたが、それはほぼ手つかずのまま残っており、さらに、冬貴のために少しずつ貯金までしていたそうだ。

母親には、それから幾度か会いに行った。そう長い間ではなかったが、それが冬貴にとって唯一の母親との思い出だ。

冬貴や雅之が会いに行くと、母親はいつも一瞬だけ辛《つら》そうな顔をした。自分が行くのは迷惑なのかもしれない。そう思ったが、拒絶されているような感じはしなかったため、会いに行くことはやめなかった。

もっと大きな病院に移って治療をしよう。そうでなければ、せめて家に戻って欲しい。そんな雅之の願いのどれにも、母親は頷かなかった。

『いいのよ。これが、私の寿命だから』

そう言って静かに笑んだ母親の顔は、今でも思い出せる。そうして、そのままの笑顔で、冬貴だけに明かされたことも。

『ごめんね』

そう言いながらそっと頭を撫《な》でてくれた手は、細く頼りないものの、胸の奥まで温めてくれるような優しさに満ちていた。

「何か足りないものはあるか？　家から持ってくる物があれば、用意するからいつでも言いなさい」

父親の言葉にはっと我に返り、大丈夫ですと苦笑した。

「当座、必要な物は持ってきていますから。それより、和久井に毎日付き合う必要はないと言っておいてください。休日返上でここに顔を出していたら、身体が保《も》ちません」

「ああ。久隆さん達に任せていいとは言っているんだが、あの子もお前が心配なんだろう」

「ですが……」

「わかっている。今度言っておくよ」

よろしくお願いします、と頭を下げた冬貴に「それはそうと」と、雅之は話を変えた。

「今年も、帰ってこないつもりか？」

何を指しているのか。言われずともわかり、背筋を伸ばして顔を上げた。

「はい」

「お前が帰ってきてくれた方が、篤紀も喜ぶと思うぞ」

「もちろん、お墓には参りに行きます。ですが……」

異母兄の十二回忌《き》。そこに自分が顔を出すわけにはいかない。

毎年繰り返されるやり取りに、最終的に折れてくれるのは父親の方だ。それも仕方がないと諦めているのだろう、溜息一つで収めてくれる。

「まあ、昼間はお前が嫌な思いをするだろうから、わざわざ帰ってくることもないが……夜になって客が帰ったら、連絡するから顔を出しなさい。たまには酒でも飲もう」

「……──」

はい、と言えないまま俯《うつむ》いていると、雅之が続ける。

「お前が、何もかもを背負う必要はない。冬香のことも、篤紀のことも。いいな」

何度も言われているそれに、はい、と返事だけは返す。だが、父親の慰めをそのまま受け入れてはいけないと自覚する程度には、自身の立場を理解している。

その後、家の様子を冬貴に話した雅之は、もう時間も遅いからと席を立った。入口へ向かったところで、久隆に一礼する。

「久隆さん、息子をよろしくお願いします」

「もちろんです」

雅之の手前何も言いはしないが、冬貴はその背後でうろんな表情を浮かべる。それをそ知らぬふりで流しながら、久隆が入口の扉を開き丁寧に雅之を送り出した。

「じゃあな、冬貴」

立ち去り際、言いながら雅之がさらりと指先で冬貴の頬《ほお》にかかる髪を梳《す》く。亡くなった兄の癖だったそれは、今では父親の癖になっているようで、くすぐったくも温かい気持ちで微笑んだ。

「はい、父さんもお気をつけて。ありがとうございました」

視界の端で、雅之を促すように扉の外へ出ようとしていた久隆がぴたりと動きを止めた気配がした。だが、顔を向け何の変化もない姿を見つけると、すぐに視線を逸《そ》らす。

ぱたり、と。目の前で閉じた扉の向こうで、男がその瞳に不穏な気配を浮かべている様子を、冬貴が窺い知ることはできなかった。

◇◇◇

たとえば、自分が存在していることで誰かを不幸にしているとしたら。

（それを知ったら、あいつはどんな顔をするだろうな）

ふと考え、久隆はその表情を想像しようとしてやめた。どのみち自分の好みからは外れることが、わかっていたからだ。

廊下の先、たった今、冬貴の父親が部屋の外で待っていた秘書と共に姿を消した方向を見据えた。切れ長の瞳を細めれば、鋭い印象がさらに強くなる。

「あいつとは大違いだな」

脳裏に浮かんだ親友の顔に、苦い笑みが浮かぶ。その姿を振り払い、冬貴が使っている部屋の隣室へと向かう。

二十四時間体制の警護は原則チームで行われ、クライアントの傍《そば》につく人間も交代制となっている。突発的な出来事がない限り、冬貴がホテルへ戻り就寝する時間帯は、久隆も休憩時間となっていた。

「お疲れ様です。交替ですよね」

扉を開こうとするより先に内側から開かれ、中から小柄な青年——李《リ》が顔を出す。どちらかといえば精悍というより幼さが残る雰囲気ではあるが、れっきとしたボディーガードであり、今回のメンバーの一人だ。黒々とした瞳はきつく、気の強さがそのまま表れている。痩《そう》身《しん》で一見華奢《きゃしゃ》だが、反射神経と動体視力はメンバーの中でも随一だ。

「李か。頼む……ああ、いや。少し話があったか。後で呼ぶ」

「話？　あいつとですか？」

ぎゅっと顰められた眉は、冬貴への反感からくるものだ。元々、一部を除いた金持ちが嫌いなため、李は冬貴のことを毛嫌いしていた。仕事に支障をきたさないことと、本人の目の前では普通に振る舞うことを条件に目を瞑《つぶ》ってはいるが、少し配置を考えた方がいいかもしれないと久隆は内心で溜息をついた。

私情を挟めば、それが好意であれ悪意であれ、咄嗟《とっさ》の判断を誤る。それでは、ボディーガードとして失格だ。

「李、少し態度が過ぎる。別にあれは何もしてないだろう」

「どこがですか！　ボスへの態度も悪いし、何かあれば文句しか言わない。仕事だかなんだかしらないが、出かけずに大人しくホテルに籠もってりゃいいんだ」

「慎め」

こん、と指の背で李の頭を叩く。一応小声でまくし立ててはいるが、依頼人の部屋の隣で言う言葉ではない。不満そうに口を閉ざした李に小さく頷くと、仕事用の声に改め、待機していろと促した。

はい、と機敏な返事を残し、李が部屋の奥へ消えていくのを見送る。

こうなることが予想できたからには、今回、李は別の仕事に回すべきだった。だが久隆の下がいいと食い下がられ、以前同じ状況でトラブルを起こした前科もあったため、仕方なく連れてきたのだ。だが、やはり失敗だったかと溜息をつく。

「話か……さて、どうするかな」

呟きながら、冬貴の部屋の扉へ視線を向ける。

父親に向けられた、冬貴の安心したような顔。それが久隆の中の何かを苛立たせていた。

気に入らない、といえば一番近いかもしれない。

だがそれがどこからくる感情かは、判然としない。冬貴自身が気に入らない、というわけではないと思うのだが。

（まあ、それはそれで驚きだったが）

資産家の家で、何不自由なく育ったお坊《ぼっ》ちゃん。冬貴についての話を聞いた時には、ただ単純にそう思っていた。

久隆は、自分自身に甘い人間が嫌いだ。だから総じて、親の持つ地位や財産を自分のものだと勘違いした性根の甘い金持ちの息子は、嫌いな人間が多かった。自分では何一つできないのに、だらだらと生きてさえいれば地位と財力を手に入れられると過信している子供は、案外少なくない。

『本人も知っているが、いい子だよ。頑張り屋だし。ちょっと人見知りするけど、多分あんたは好きなんじゃないかな、ああいうタイプ。真面目なんだから、あんまり態度悪くして追い詰めるなよ』

楽しげに言ったのは、今回依頼を受けた警備会社の社長だ。以前から篠塚の家と懇意にしている社長は、冬貴のことをそう評していた。

「いい子、ねえ。まあ人見知りはするが、あれはどっちかというと縄張り意識丸出しの野良《のら》猫《ねこ》じゃないか？」

くくっと笑ったのは、思いついたそれが冬貴の態度にぴたりと当てはまったからだ。自分のテリトリーに入ってきた、見かけない人間。冷淡な表情の下に押し隠した警戒は、ちょっとつつけばすぐに表面へと出てくる。

だが、誰にでも態度が悪いというわけではない。久隆に関しては、反発を煽《あお》るような態度をとっているのだから当然とも言える。けれど他の警護に当たっている人間に対しては、総じて態度も丁寧だ。根が真面目なのか仕事が絡むと引かないこともあるが、それ以外については大人しくこちらの言うことを聞いている。

（金持ちらしくない、というか）

冬貴からは、金を出して人を使うことに慣れている人間特有の、ある種の傲慢《ごうまん》さが感じられないのだ。

李は何かあれば文句しか言わないと言っていたが、実のところ、警護が始まってから冬貴が久隆達の方針に異を唱えたことはない。

さらに、和久井に聞いたところ、普段は夜中まで残業しているが最近は早く帰っているらしい。ホテルに戻ってからあれだけ仕事をしていたのは、これまで残業していた分を持ち帰っていたのだろう。

『私を含め、人を待たせたままでは悪いと思っているんです』

苦笑しながら冬貴を語る和久井の目は、優しく、どこか誇らしげだった。

不思議な男だとは思う。初対面の時に感じた神経質そうな印象は変わってはいないが、それでも驚くほどの柔軟性を見せる。

（さっきの会社での一件もそうだ）

ああいった場合、大抵は解決より先にトラブルを起こした者を叱責《しっせき》する。自身が引き起こしたことではないのに責任をとらなければならないとなれば、特に。

だが、冬貴はますトラブルの解決を優先した。誰に非があるという責任追及は全て後回しにして、自分が今やらなければならないことを即座に判断し行動に移していたのだ。

ある程度、年齢と経験を重ねれば、そういった対応も身についていて不思議ではない。だが、あの年齢で瞬時にそちらへ思考が切り替えられるのは、本人の素質だろう。

トラブルを起こしたらしい若手社員からは、当初、冬貴への反発が感じられた。だが、一向に叱責する気配を見せず、なおかつ準備したものに対して当然のように礼を言う冬貴に、驚いていた様子だった。

そして、最終的に注意された段階では、毒気を抜かれたように殊勝に頷いていた。身構えていた分、拍子抜けしたのだろう。

（甘やかされたお坊ちゃん……よりは、多少骨がありそうだとは思っていたが。案外有能な

のかもしれないな。あいつとは違った意味で、上に立つ素養はある）

そんなことを考えながら、冬貴の部屋の前で足を止める。

「……――」

自分でも、何を確かめたいのかがわからない。けれど、気づいた時には扉をノックしていた。

「はい？」

訝しげな顔で扉を開けた冬貴が、こちらを見上げてくる。「今、いいか？」と問えば、答えの代わりに人が一人通れるだけの隙間が作られた。

ぱたり、と背後で扉が閉まる。扉を背にしてそれ以上は部屋に踏み込まず、正面に立つ冬貴を見下ろした。こちらを不審げに、けれど真っ直ぐに見つめてくる茶色い瞳。そこにふと違和感を覚え、だがすぐにああと小さく呟いた。

「何か」

「眼鏡は？」

「……っ。外し、ました。字を読まなければ必要ないので。それよりも何か用事が？」

自分が眼鏡をかけていないということを指摘されて思い出したのか、慌てたように目元に手をやる。すぐに俯き気味に顔を背け、ぶっきらぼうに問いかけてきた。遮るもののない素顔をもう少しちゃんと見てみたかったと、幾分残念な気分になりながら扉に背をつけた。

「いや、別に。いつもつんけんしてるのかと思ったが、あんた親父《おやじ》さんの前じゃえらく素直だな」

「――余計なお世話です。わざわざ、そんなくだらないことを言いに？」

言葉を詰まらせた冬貴が、かっとなったように顔を上げようとする。だがすぐに拳を握ると、結局はこちらを見ないまま宙を睨んだ。

「会社でも、あれくらい笑ってりゃ、もう少し仕事も楽になるんじゃないか？」

「……別段、困っていませんが」

「そうか。まあだが、騙《だま》されたと思ってやってみればいい。今お前が夜中までやらないと終わらないほど抱え込んでいる分が、多少なりとも減るだろうからな」

「あれは、私がやるべき仕事ですから」

きっぱりとした口調に、そりゃ失礼、と肩を竦めてみせる。

「あんたがそう思うなら、それで構わないが。もう少し周りも見てみろ。仕事は一人でやるものじゃないだろう」

「え……――」

驚いたように目を見開いた冬貴が、思わずといったようにこちらを向く。不思議そうな色を滲ませた――どこか、子供のような瞳に小さく笑う。

「ああ。ただ、前にあんたの下につくのは大変そうだと言ったのは撤回しておく。今日少しだけ見た仕事ぶりだけでも、十分いい上司をやっていた」

「え、あ……ありがとう、ございます」

急にこんなことを言い出した久隆に戸惑っているのだろう。久隆自身、冬貴に対して何が言いたいのかがわからない。ただ、今日の一件で多少見直したのと、ようやくこちらを見た
——けれど、すぐに伏せられてしまった瞳を、もう一度こちらに向けたいという気になったのだ。

「そういえば、さっきも聞いたが、電話の終わりに何を言われた？」

「……あれは、別に。単に、名字を改めて聞かれただけです」

「ああ。あんたがどういった立場の人間か、途中で気がついたってとこか」

「そうですね。一般的には、それなりにある名字でしょうが」

篠塚の会社に、ということであれば話はまた違う。

「それで、自分の手腕じゃなく名前で話が落ち着いたことに落ち込んでいたのか？」

「……——っ」

一番嫌なところをついてくる久隆を睨みつけ、落ち込んではいません、と返す。

「名前を使って話が穏便に片付くなら、それで構いません。経過がどうあれ、最終的に会社のためになればいい。落ち込んでいるように見えたのなら、あなたにそれを指摘された自分の未熟さに腹が立っただけです」

「へえ、意外だな。俺には、あんたが父親に認められようと必死になっているように見えたんだが」

「……っ！　用は、それだけですか」

じっとこちらを睨みつけていた冬貴が何かを言おうとし、直後、はっとしたように再び顔を背けた。苛立ったように続けられた声が、言葉にしないまま早く出ていけと訴えているのがわかる。だがそれを聞き流し、目を細めた久隆は、音もなく手を伸ばし冬貴の顎《あご》へと指先を当てた。

「──っ！　やめ……っ‼」

顔を上向かせた直後、ぱしんと軽い音が響き、手の甲に痛みが走る。何かに怯《おび》えるかのように、冬貴が久隆の手を叩いて払いのけたのだ。

「あ……」

茫然《ぼうぜん》と自分の掌《てのひら》を見た冬貴の顔色は、わずかに青白くなっているようだった。咄嗟に久隆の手を叩いてしまったことに驚いたせいかと思ったが、それにしては過剰な反応に内心で眉を顰める。

「人と話す時は、相手の顔を見るように言われなかったか？」

何事もなかったかのように宙に浮いたままの手を動かした瞬間、冬貴の身体がびくりと震える。これ以上は何もしないと示すように、ゆっくりとスラックスのポケットに入れると、冬貴の肩からわずかに力が抜けたのがわかった。

「……今日は疲れたので、もう寝たいんですが」

俯いたまま力なく呟いた冬貴に、今はもうやめておいた方がいいと自分の中で声がする。だがその一方で、もう少し追い詰めてやりたいという、相反する感情に突き動かされるように口を開いていた。

「もし、自分が生きているだけで誰かを不幸にしているとしたら……どうする？」

その言葉に、冬貴が大きく肩を震わせた。何を知っているのか。まるでそう訴えかけるように、警戒と恐怖の混じり合った瞳を限界まで見開き、久隆を見返してくる。その顔色は、はっきりと青くなっていた。

驚愕、という言葉が一番ふさわしいだろう。

喘《あえ》ぐようにうっすらと開かれた唇は、けれど結局声すらも発することなく、小さく震えるだけに留まった。

◇◇◇

キーボードを打つ手を止め、小さく溜息をつく。

だがすぐに、ちらりと隣席から注がれる視線を感じ、慌てて気を引き締める。それを、今

日一日で幾度か繰り返していた。

翌日、午前中から契約の件でトラブルのあった客先へ赴いていたが、さほど話がこじれず契約更新へと持っていけたため、昼休みを過ぎた頃には自社に戻ってこられた。

その後の外出予定が急にキャンセルとなったため、この機会に溜《た》まった書類作成を片付けようとしていたのだが、パソコンの前で仕事を始めた途端、冬貴の脳裏に昨夜の出来事が蘇ってきたのだ。おかげで、先ほどからどうにも意識がそちらに逸れ、手が止まりがちになってしまっていた。

(どうして、あの男は急にあんなことを……)

昨夜、父親が帰った後に訪ねてきた久隆が告げた一言。

『もし、自分が生きているだけで誰かを不幸にしているとしたら……どうする?』

あの時は、本当に驚いた。久隆の意図はわからないが、冬貴にとっては、心の奥底にしまい込んでいた遠い記憶――罪を、無造作に取り出され暴かれたようなものだったからだ。

懐かしさすら感じたのは、別の人間から告げられたそれを久々に聞いたせいだろう。全く同一ではないが、意味はほとんど同じものだった。

結局あの後、何も言えずにいた冬貴に、変なことを聞いて悪かったと軽い声で謝り久隆は部屋を出ていった。そしてそれ以降、何事もなかったかのように振る舞う久隆に、冬貴もどういう意味だったのか聞けないままでいた。

「篠塚さん、大丈夫です？　もしかして、体調悪いとか」

　隣から、そっとかけられた一つ下の女性社員の声に、我に返る。またやってしまった。手を止めてぼんやりしていたことに気づき、表情には出さぬよう気をつけながら隣を見た。

「いや、大丈夫。ご心配なく」

　あっさりと言い切った冬貴に、そうですか、と安堵した表情を浮かべた。そんなに調子の悪そうな顔をしていただろうか。不思議に思っていると、いつもと様子が違うから、と控えめに言い添えられた。

「そうかな？」

「篠塚さんが溜息ついてるのも珍しいですし。いつもはもっとこう、しゃんと背筋伸ばして仕事してるから声かける隙もないっていうか……って、すみません。失礼なこと言って」

「いや。ああ、うるさかったようなら申し訳ない」

「え、あ、いえ。そんなことは全然。逆にこうやって話せてラッキーというか」

　慌てながら手を振る女性社員の何がラッキーなのかはよくわからず、とりあえず「それならいいが」と言うに留めた。すると、ふと女性社員が冬貴のディスプレイに視線をやり、身を乗り出してきた。

「それ、前に報告してた新規分の企画書ですか？　確か、コーヒーがメインで茶葉も扱い始めたんでしたっけ。篠塚さんが持ってきた案件ですよね」

「ああ。ここに移ってくる少し前に、向こうから売り込みの電話をかけてきたことがあったんだ。海外事業部で取り扱うには規模とコスト面の釣り合いがとれなくて難しかったが、質もよさそうだったし、みすみす逃すには惜しかったから、こっちの持ってる販路を併用することで打診してみた」

先ほどまでとは打って変わって真面目な表情で画面を見始めた女性社員は、すぐに、この資料見やすいですねと呟いた。見せて貰ってもいいですか、と問われ、了承する代わりに椅《い》子《す》を引いて画面前の場所を譲る。

「コストと予算と、対照表と……。ああ、そっか。グラフと数値、こんなふうに並べたらいいのか。国と地域の傾向と予測値まできっちり。プランと収支計画と……さすがだなあ、って、英語版もちゃんと作ってある！　もしかして篠塚さん、英語ぺらぺらな人ですか」

「まあ、仕事で使える程度には」

何度も頷きながらぶつぶつと独り言のように呟くのを隣で眺めていると、はっと我に返ったように女性社員が画面から視線を外した。

「す、すみません！　あまりに見やすい企画書なんで、つい！」

「いや。何かの参考になるのなら、構わない」

各自担当している会社が違うし、週一回のミーティングで全員に報告はしているため、客先に提出する企画書を見せたからといって不利益を被《こうむ》るわけではない。

むしろ、それぞれに得意な分野を補い合っていった方が効率的だ。そのため冬貴は、新人などに教えを請われれば時間が許す限りアドバイスをするようにしている。尤《もっと》も、冬貴のバックグラウンドを知って、気後れして話しかけてこなくなる率の方が高いのだが。

「あの。よかったら、時間がある時だけでいいので作ったやつ見ていただけませんか？　毎回課長から駄目出しされるんですけど、具体的にどうすればいいのかわからなくて」

上司は、どちらかと言えばやって覚えろというタイプのため、悪いところは指摘するが具体的にどうすればいいのかは自分で考えろと言うのだ。もちろん、それが一番いいのだろうが、人間には得意不得意がある。下地がなければ、幾ら考えても答えは出てこないものだ。

ふと、久隆からもっと笑ってみればいいと言われたことを思い出す。内心で余計なお世話だと毒づきつつ、そこまで自分は無愛想だったのだろうかとちらりと不安も過った。

(別に、あいつに言われたからやるわけじゃない)

心の中でそう言い訳し、意識して小さく微笑むようにしながら頷いてみせる。

「それくらいなら、いつでも。俺なりの指摘にはなるが」

「……っ！　十分です！」

驚いたようにこちらを見た女性社員が、満面の笑顔になる。やった、と万歳をする様子に、大袈裟なと思いはしたが口には出さないでおいた。

「あ、あの。篠塚さん、俺もちょっと教えて貰いたいところが！」

突如横から割り込んできた声に振り返れば、背後に芳野が立っていた。そういえば、午前中も一緒に客先に行っていたのだが、芳野の態度が先日までと微妙に違っていたなと思う。冬貴が何かを言っても、不満そうな顔をせず真剣な表情で頷いていたのだ。

「ああ。構わないが……」

どうやら、今度提出する企画書を書きかけているらしい。タブレットを差し出され、数値の算出の仕方や、販路の選び方など幾つか聞かれて答えていると、隣の女性社員も真剣な表情で聞き入っていた。

説明が終わり、芳野が頭を下げて自席に戻っていくのを見送っていると、ふと、周囲の視線がちらちらとこちらに向けられていることに気づく。何かしただろうかと眉を顰めながら席に戻ると、隣から小さく笑う声が聞こえた。

「みんな、篠塚さんに話しかけてみたくて、うずうずしてるんです」

小声でそう告げた女性社員に、一層訝しげな表情になってしまう。

「仕事の話なら普通にしていると思うが」

「じゃなくて、世間話とか雑談とか。篠塚さん、あまり休憩もとられないですよね。だから話しかける機会がないというか。や、もちろん仕事しに来てるので、それはそれで正しいんですけど」

「そうか。それは申し訳なかった」

会社には仕事をしに来ているのだから、と言えばその通りだが、同じ職場で仕事をする以上ある程度の協調性は大切だ。自分から周囲を拒絶しているつもりはなかったが、積極的に溶け込もうとする努力も怠っていたため、反省する。

「やだな、そんな謝らないでください。みんな仲良くしたいってだけですから。でも、何かちょっと普通に話せて安心しました。これからよろしくお願いします」

にこりと笑った女性社員が、上機嫌で自席に椅子を戻す。それを機に再びディスプレイに向き直り、内心で小さく溜息をついた。

『周囲をもう少し見た方がいい』

久隆の声が再び蘇り、むっとする。キーボードを叩く指にわずかに力を込め、うるさい、と心の中で悪態をついた。何もかも、久隆の言う通りだというのが腹立たしい。自分に足りないところがあったのは確かだ。それは認めるが、久隆の勝ち誇ったような笑みを想像しただけで苛立ちが増した。もちろん、完全な八つ当たりだ。

初対面の時――警護を断り久隆が態度を変える前まで感じていた芝居がかったような違和感を、今は感じることはない。口調は砕けているがやることはきっちりやっているため、仕事に対する文句もない。

最初の頃よりは反発心も薄れてきてはいるが、それでもあのこちらの反応を楽しむような態度をとられると腹は立つ。

久隆のことを思い出していると、女性社員達と話している間は忘れていた昨夜の記憶が、芋づる式に蘇る。再び溜息をつきそうになった時、微かな音が耳に届いた。

「……――?」

机の上で振動を始めたスマートフォンを反射的に手に取る。だが、相手を確認するためにディスプレイを見て、電話に出るのを躊躇った。

非通知着信となっているそれは、仕事用の物には滅多にかかってこない。大抵の場合、相手は必ず番号表示をしている。だが、何かあった場合を考えれば、呼び出し続けるものを放置するわけにもいかず、席を立ち急ぎ足でフロアを出ると受話アイコンを押した。

「はい」

名前を名乗らないのは、仕事目的以外の電話だった時のためだ。けれど、すぐに返されると思った声は聞こえず、電話の向こうからは電車の通り過ぎる音や雑踏の音だけが聞こえてきた。

「……もしもし?」

不自然なそれに、警戒心が頭をもたげる。相手を窺うようにもう一度問いかければ、途切れ途切れに声が聞こえてきた。

『すみま……私……と……』

「すみません、よく聞こえないんですが」

『お兄……篠塚、篤紀さん……の、……で……』

「……――っ」

電話の向こうから聞こえてきた名前に、息を呑む。どういうことかと問いかけようとした途端、少し聞き取りやすくなった声が続けた。

『亡くなる直前に……形見を、預かり……。そちらが……ている、指輪と交換していただきたいんです』

「指輪？」

『お兄さんから、あなただけに教えて、渡すように……言われています。だから、誰にも知られないように……』

焦れたような掠《かす》れ気味の声は、女性のものか、男性のものか。どちらかと言えばハスキーな女性、という雰囲気のそれに、眉をつり上げる。

「待ってください、何のことか……」

声は、そのまま時間と場所だけを指定した後、絶対に一人で来てくださいと言い残し、ぷつりと通話を切った。唐突に終わった会話と無機質な通信音に、反応できないまま耳から離したスマートフォンを凝視《ぎょうし》する。

（形見？）

なんだ、それは。唐突な言葉で混乱する脳裏に、昔の記憶が蘇りそうになる。

「あれ、篠塚さん電話ですか？」

横合いから聞こえた声に、はっと我に返る。見れば、先ほど話しかけてきた女性社員が、フロアの入口で立ち尽くしている冬貴に向かって不思議そうに首を傾《かし》げていた。マグカップを持っているところからすると、給湯室に向かうのだろう。

「ああ……」

「顔色悪いですよ。大丈夫ですか？」

冬貴の手にあったスマートフォンに目を留め、すぐに冬貴の顔に視線を戻して心配そうに表情を曇らせる。反射的に苦笑を浮かべ、小さく首を横に振った。

「いや。悪戯《いたずら》電話だったんだが、少し悪質だったから文句を言おうとしたら切られた」

「うわ、嫌だなー。あ、でも篠塚さんでも文句言うことあるんですね」

顔をしかめた後、小さく笑った女性社員が、気分転換にコーヒーでもどうですかと声をかけてくる。

「自分の分のついでなので、よければ入れてきますよ」

「ありがとう。頼んでもいいかな」

了解です、と言い残し、小柄な身体がぱたぱたと給湯室の方へ消えていくのを見送りながら、そっと息を吐いた。

「兄さんの形見？」

電話の相手が言った内容を、一言一句漏《も》らさずに頭の中で反芻《はんすう》する。

異母兄の篤紀は、十三年前――二十一歳の頃に他界した。兄弟仲もよく、冬貴は歳《とし》の離れた兄が大好きだった。だが同時に、その兄が死んだ原因を、当時十五歳だった冬貴が作ってしまったのだ。

兄が亡くなった時のことは覚えていない部分が多い。

父親も、墓参りの時や日常的な会話の中で兄との思い出を語るくらいで、当時のことを積極的に冬貴に思い出させようとはしない。だから、兄が亡くなる直前に誰かに形見を渡したと言われても、思い当たる節が全くなかった。兄と付き合いのあった人はそう知らないし、真偽のほども定かではない。

そして、もう一つ。

「指輪……」

冬貴自身に連絡してきて、かつ『指輪』というのなら、思い当たるものは一つしかなかった。だが、あれは誰かにおいそれと渡せるようなものではない。

怪しげな電話など放っておけばいい。何度考えても、頭の中の冷静な部分はそう告げていた。状況から考えて、何かの罠《わな》と考える方が妥当だ。もしかしたら、父親達の杞憂《きゆう》が当たっていたのかもしれない。

(でも……)

もしも、だ。もしも万に一つ、本当だったなら。自分はそれを、受け取る必要があるのではないだろうか。兄が何かを遺《のこ》したというのなら、なおさら。

幾ら考えても答えの出ない問いに、冬貴はゆっくりと溜息を落とした。


「実家に？」

「ええ。駄目ですか」

躊躇いがちに申し出たそれに、久隆が探るような視線を向けてくる。

「雅之氏に何か聞いたか？」

「父に？」

意外な問いに目を見開けば、違うのかと考えるようにひとりごちた。その様子に不安を覚え、久隆の腕を摑《つか》む。

「父に、何か？」

「いや、そうじゃない。雅之氏に何かあったわけじゃないから、安心しろ」

ぽん、と軽く手の甲を叩かれ我に返る。気がつけば久隆の腕を摑んでいた手に力を入れていたらしく、スーツが皺《しわ》になっていた。

「あ、……すみません」

ぱっと手を離せば、久隆は気にした様子もなく肩を竦める。そして、何かを思案するように駐車場に停めた車に視線を走らせた。

定時退社時間が一時間ほど過ぎた頃、帰る支度《したく》をした冬貴は、社屋の役員用駐車場で待機している久隆のところへ向かった。さすがに、社内での仕事中について回るのは無理があるため、基本的には、和久井がいる秘書室や駐車場で待機するようになっているのだ。その代わり、スマートフォンのGPS機能は常にONにしておくようにと厳命されている。

そして車に乗る前に、このまま実家に戻りたいと告げたのだ。今日は父親の誕生日でもある。誕生日プレゼントを渡したいから、と。

いつもなら、休日でない限りプレゼントは送って済ませることが多い。だがあえて実家に行きたいと言ったのは、昼間かかってきた電話で指定された場所が、松濤《しょうとう》の実家近くにある公園だったからだ。

それに、実家の方が、多少警護の人間の目をごまかすことができそうだという思惑もあった。家の中であれば久隆達も一人にしてくれるだろうが、ホテルや外では、冬貴が一人になる時間を作るのはまず無理だった。

久隆の承諾が得られるかどうかは賭けだ。どうしても駄目だった場合は諦めるしかないが、できれば電話の相手に会ってみたいと思っていた。

兄と一番親しかった和久井に、兄が形見を預けたという人物に心当たりがないか聞いてみるという方法も考えた。だがそれは、冬貴の中ですぐに却下された。真偽もわからない状態で話だけしても、無駄に気にさせてしまうことになる。

(本当なら、事情を話してついてきて貰うべきなんだろうが……)

それだけは、少し迷っていた。久隆に事情を話して頼めば、相手にわからないようについてきてくれるかもしれない。普通に考えて、それが一番いいというのもわかっていた。

(だが……)

躊躇うのは、昨日のやり取りがあったせいだ。

あの時から、久隆の存在が得体の知れないものに思えて仕方がない。いちいちからかうように揚げ足をとってくるのは腹立たしいが、少なくとも仕事に関してはきちんとしている。久隆のいない時に交代でついてくれている警備会社の人間も、決して気の緩んだようなところを見せず、責任者としての久隆が有能であることを物語っていた。

そこは認めている。だが、こちらの事情を話していい相手かどうかの判断は、また別だった。詮索された時、全てを上手くごまかすには、相手が悪い。

押し黙った冬貴の様子をしばらく眺めた後、ちらりと周囲に視線を巡らせた久隆は「わかった」と呟いた。そして、小さく続ける。

「まあ、丁度いいかもしれないな。こちらも、話しておきたいことがある」

「え?」

問い返せば、微かにバイブレーションの音が響く。自分のものではない。そう思うのと同時に久隆がスーツの内ポケットからスマートフォンを取り出し、脇に停められている車の後部座席のドアを開いた。電話に出た久隆に視線で促され、大人しく車に乗り込む。

それから実家に帰り着くまで、結局、何の話があるのか聞くことはできなかった。

夜になれば底冷えする春の空気が身体を包む。

スーツのまま、街灯を頼りに夜道を小走りで進んだ冬貴は、視界の先に目的の場所を見つけた。

あれから実家へと戻った冬貴は兄達に挨拶するからと言い置き、仏間へと向かった。ついてこようとしていた久隆も、挨拶の間は一人にして欲しいと言えば、そのまま襖《ふすま》の向こうで待つように足を止めた。

仏壇の前に座り手を合わせていると、襖の向こうから微かな声が聞こえてくる。久隆と誰かが話している気配と、少しの後、静かに遠のいていく足音。久隆が誰かと交代したのだと察し、今がチャンスだと音を立てぬよう縁側から庭へ降りた。縁側の下を覗《のぞ》き、置いてある靴を履く。

夕方のうちに社内から実家に電話して、昔から働いている家政婦に、帰ったら久しぶりに庭を見たいから靴を置いておいて欲しいと頼んだのだ。警備の人には黙っていて欲しいと頼んだものの、その通りにしてくれるかは五分五分だった。

勝手知ったる我が家であるだけに、暗闇の中でも冬貴の足に迷いはなかった。そのうち気づかれてしまうだろうが、ほんの少しの時間さえあればよかった。スマートフォンの電源は、すぐに切ったらばれてしまうかもしれないため、家を少し離れた時点で落とした。

ひとまず、電話の相手が来るかを隠れて見守るつもりだった。さすがに、相手が誰かもわからない状態で真正面から会いに行く無謀さはない。

交換条件を出してきたということは、相手にとって『指輪』が必要だということだ。空き巣をした人間かもしれないという考えも浮かんだが、それに対する危機感すら今の冬貴の頭からは消えてしまっている。

自分が馬鹿なことをしていることはわかっている。だが、兄に関することを無視して放っておくわけにはいかない。それだけが、今の冬貴を突き動かしていた。

時計を見れば、針はちょうど指定された午後九時を指そうとしている。真夜中というほどでもないが、住宅街のためこの時間になればほとんど人の姿がなくなってしまう。街灯を避けて歩き、公園の裏口から中へと入る。周囲を見回して人気《ひとけ》がないことを確認し、指定された四阿《あずまや》へと木や茂みに身を隠しながら近づいていく。音を立てないように気をつけながら、今の自分の姿を見られたら一目で不審者扱いだなと、気を紛らわせるように状況に見合わぬのんきさで考えた。

ふと、敷地内の右端辺りで何かが動いたような気がして目を細める。フェンスに沿って公園の周囲を覆うように生い茂った木々の手前に、ひっそりと立つ四阿。街灯の光がぎりぎり届かない場所に目を凝《こ》らすが、しんと静まりかえったそこに人影は見えなかった。

「気のせいか……」

呟き、だがふと背後に人の気配を感じ、慌てて振り返ろうとする。それよりも一瞬早く、ごり、と何か固い物を背中に押し当てられ動きを封じられた。

「咪郁《うごくな》」

自分より大柄であろう人の気配と、くぐもった声。日本語じゃない。咄嗟に振り向こうとしたが、脇腹に押し当てられたものが一層強く押しつけられ、がちりと嫌な音がした。

固い感触。まさか、と思いながらも自分の予想が当たっていた時のことを考え、冬貴はぴたりと動きを止めた。

(銃、か？　いやだがまさか……)

そんなものが、この日本でそうそう出されるはずがない。だが、決して可能性がないわけではないことも冬貴は知っていた。嫌な汗が背筋を伝い、かたかたと震えそうになる身体をどうにか気力で押し止める。

「指輪はどこだ」

発音しづらそうな日本語に、やはり日本人ではないと確信する。振り返ろうとした時にちらりと見た顔は、サングラスと何か黒い物に覆われていた。顔を隠しているのだろう。

日本語で理解できるのかと思いつつも、息を呑んで答える。

「指輪に、心当たりがない。どんなものかを教えて欲しい。それに、兄の形見というのは……」

「知らないはずがないだろう、お前以外に持っているはずがない」

「もう少し詳しい情報が欲しいと言っている。持っているのかもしれないが、どれのことを言っているのかがわからないんだ」

早口でそう告げれば、相手はちっと舌打ちし、歩けと冬貴の背を押してくる。

「……っ」

「指輪のありかは、別の場所で思い出して貰う」

「待て、それよりも兄の形見というのは何だ！」

「来ればわかる」

低く告げた相手に、冬貴は躊躇うように足を止める。このまま連れていかれれば、命を落とすかもしれない。可能性として考えなかったわけではないが、電話の相手が女性だったことで、どこか楽観視していたのも事実だった。

（だが……）

逃げようとした方がいいのか、ついていった方がいいのか。迷うのは、兄のことがあるからだ。どうする。自問した瞬間、冬貴の思考は突然響いた声にぴたりと止まった。

「冬貴！」

唐突に呼ばれた名に、顔を跳ね上げる。公園の入口近くに立つ久隆の姿に、言い知れぬ安堵と、まずいという焦燥が同時に湧き上がった。

「駄目だ、来るなっ‼」

銃が、と声を上げようとしたところで、脇腹に押しつけられていたものが離れる。直後、身体のすぐ傍でパンと軽い破裂音が響いた。

「……っ」

視界の中で、久隆が地面に伏せる。腕を掴んでいた手が離れ、考える間もなく久隆の方へ駆け出していた。背後で言い争うような声が聞こえた気がしたが、構わず真っ直ぐに走る。まるでフィルムを巻き戻したような、音と光景。奇妙な既視感とともに、周囲から一切の音が消えたような気がした。

「……にい、さ……っ」

零《こぼ》れ落ちた声が、雑音のように意識の外から聞こえてくる。すぐに身を起こし、ぎょっとしたような顔つきでこちらを見た久隆が「伏せろ！」と声を上げる。だがそれも聞かず、辿り着くと同時に背後の人影から隠すように、久隆の身体に覆い被《かぶ》さった。

大丈夫だと思ったわけではない。何を考えてでもなかったそれは、本能としか言いようがなかった。

（嫌だ……っ）

もう二度と、あの時と同じ光景など見たくない。

ずっと昔、同じ音がした時に、兄が倒れるのを遠ざかっていく車の中から見ていた。衝撃に見開いた目と、冬貴と呟いた口元。広がる鮮血。大切な人が危険な目に遭っているのに何もできない焦燥と、こちらを心配そうに見る瞳。それら全てが、一気に蘇ってくる。

（もう、あんなことは……っ！）

無意識のうちに腕に力を込めれば、小さな溜息と共にぽんと腕を叩かれた。

「おい……こら、もう大丈夫だから離せ」

今までにない、こちらを落ち着かせるような優しい声。促され、ゆるゆると腕から力が抜けていく。強張った身体をゆっくり離し振り返れば、そこに人影はなく、辺りには静かな闇が広がっているだけだった。

さっきの男はどうしたのか。見渡せば、男の代わりに、幾人か周囲を警戒しているように立つ警備会社の人間が視界に入った。

（逃げたのか……？）

そういえば、さっき男から離れた直後、揉み合うような気配が背後でした気がする。恐ら

く、久隆がわざと冬貴を呼んで注意を引き、発砲した瞬間を狙って他の人間が男を捕らえようとしたのだろう。

「ああ、わかった……いや、あまり深追いはするな。戻れ」

イヤホンに向けて喋る久隆の声に、はっと前を向く。見れば腕を押さえた久隆が立ち上がろうとしているところで、慌てて支えようと手を伸ばした。二の腕を掠ったらしく、掌の下でスーツにじわりと血が滲んでいる。

「あ……」

声をかけようとして、何も言えないまま言葉を詰まらせる。謝罪すら出てこず、自身の腑甲斐なさと、やってしまったことへの罪の意識で顔が上げられなかった。

こうなることは十分予測できた。だが、どこかで大丈夫だとも思っていた。現実問題、誰かが傷ついて初めて、自分がやってしまったことの重大さを身をもって理解した。

「話は後だ。早く家に戻るぞ。……雅之氏が心配していた」

淡々とした声には、怒りすら感じられない。

(呆れられてしまっただろうな……)

久隆に促されるようにして立ち上がったものの、顔を上げられず悪戯の見つかった子供のように俯いてしまう。行くぞ、という声に答えられないまま、冬貴は傍に立つ影を見つめることしかできなかった。

「──っ」

見覚えのある光景の見るも無惨な状態に、冬貴は声もなく立ち尽くした。

実家にある冬貴の部屋。広い日本家屋の敷地の奥まった部分にあるそこは、数年前に家を出てからも綺麗《きれい》に手入れがされていた。月に一度、家に戻ってきた時はここで寝泊まりしており、先月もいつもと変わらぬ状態だったのだ。

だが今は、置いてあるものこそ見慣れた物ばかりだが、全てがずたずたにされてしまっている。カーテンや布団《ふとん》、布製の物は全て刃物で切り裂かれ、クローゼットや箪笥《たんす》の引き出しの中身も引き摺り出されている。先日、マンションに空き巣が入った時と同じ──いや、それ以上の惨状だった。

「これ、は」

「今朝、掃除に入ったらこうなっていたんだ。夜中のうちに入られたんだろうな……セキュリティも作動しなかった。調べたら、綺麗に壊されていたよ」

隣に立つ父親の溜息交じりの説明に、冬貴はぞっと背筋を凍らせた。被害に遭ったのはこの部屋だけだったらしく、他の場所には一切手を出していなかったそうだ。誰も気がつかなかったことが幸いし、人的被害は出ていなかった。父親達が無事だったことに胸を撫で下ろしながらも、目の前の光景には薄ら寒さを覚えずにはいられない。

「それから、これがばらまかれていたらしい」

障子を開け放した部屋の前で立ち尽くした冬貴の耳に、久隆の声が届く。はっとして顔を上げれば、家に戻ってきてすぐ手当を受けていた久隆と、先ほど到着したばかりの和久井が歩いてきた。

「久隆さん、怪我《けが》は……」

「掠っただけだ。たいしたことはない」

視線をやれば、ジャケットの左の二の腕辺りに血が滲んでいる。自分のせいでと思えばいたたまれなく、そっと俯いた。

冬貴の傍に来た久隆が、無言で何かを差し出してくる。白い紙片。すぐにそれが裏返された写真だと気づき、受け取ると同時に表返した。数枚あるそれを順番に見ていく。そして、ある一枚で手が止まる。

「……――っ」

ぞっと、全身に鳥肌《とりはだ》が立った。目を見開いていると、久隆がとんと軽く写真の表面を指先で叩く。

「実物は、警察が証拠品として押収したからな。それは幾つか撮っておいたものだ」

鑑識が入る前に撮影されたのであろう、冬貴の部屋。それは、今の状態とほぼ変わらないものではあった。

けれど、その中に紙のような物が散らばっているのが見える。そして写真の中には、それらを拡大して写したものもあった。

「……写真？」

散らばっている紙は、今持っているものと同じ——写真らしかった。そしてその中には、全てかはわからないが、冬貴が写り込んでいる。だが、この部屋にアルバムなど置いていないし、手元の写真に写されているものは撮った覚えすらないものだ。

さらに異常なのは、それが中学生くらいの頃から今までのものまで、様々にあるという点だった。

「な……、これは……」

「全て確認させて貰ったが、カメラの方を見ている写真は一枚もなかった。雅之氏に確認したが、家に保管してある物でもない。……撮られた覚えは？」

茫然と写真を見ながら、ないと首を横に振る。

これだけの枚数を撮られていれば、冬貴自身覚えていないはずがない。そもそも、写真を撮られること自体が苦手で、学校行事などでも必要最低限以外は逃げ回っていたのだ。成人してからなど、言うべくもない。

「隠し撮り、されていたんですか？」

確かめるように問えば、そうだろうなと肯定が返される。

何年に渡って撮られていたのか。そして、それに気づかず無防備に暮らしていた自分にぞっとした。これまでの人生が、常時誰かによって見張られていた。恐怖とおぞましさに吐き気すらこみ上げてくる。

かたかたと、無意識のうちに小刻みに震えた手から数枚の写真が落ちる。慌てて拾おうとすれば、それを制して久隆が床に落ちたそれを拾い上げた。そのまま、手に握った写真も抜き取られる。

「話しておきたかったのは、このことだ」

どちらにせよ、夜には話す算段だったらしい。だが冬貴から実家に行くという申し出があったため、ちょうどいい機会だと思ったのだという。そういえば、今日の朝出勤する際、いつもは久隆がついてくるのに別の人間だったことを思い出した。久隆はと問えば、今日の担当は自分だからという答えが返ってきたため、交代で休日を取っているのかと思ったのだ。

帰り際は電話のことで頭が一杯だったため、久隆がいることに何の疑問も持たなかった。今の話からすると、午前中はここに来ていたのだろう。

「それで……」

知らぬこととはいえ、こんなことが起こっていたのに、自分はのこのこと電話で呼び出され危険な場所に出かけていった。自分でも考えなしの行動だったと思うが、久隆達にしてみればそれ以上にいい迷惑だっただろう。

「さっきのことについての詳しい話は、後で聞く。……とりあえず、あんたはそこで待ってる二人に説教されてくるんだな」

それまでの緊張感を和らげるかのような久隆の笑みに、小さく目を見開く。悪戯を楽しむようなそれは、今までのからかい混じりのものとも違っている。冬貴がやってしまったことを、怒ってはいないのだろうか。不思議な気分で見上げた。

そうして、久隆の視線に促されるように振り返った直後、冬貴はこれまでになく顔を引きつらせることになったのだ。


「はあ……」

実家からホテルに戻った冬貴は、部屋の入口で扉に背を預けたまま大きく溜息をついた。

あれからみっちり一時間、久隆の話が終わるのを待っていた父親と和久井に揃って説教をされてしまった。結局、解放されホテルに戻ってきたのは、そろそろ日が変わろうかという時間だった。

その後、久隆から経緯を聞かれ、皆の前でぽつぽつと話した。昼間の電話、そして銃を突きつけてきた人間のこと。さらに『指輪』を欲しがっていたことを話せば、何か考え込むようにしていた久隆がこちらで調べてみると頷いた。

だが、向こうが取引材料にしてきた兄の形見のことについては、口に出すことができなかった。言えば、父親も和久井も気にしてしまうだろう。本当にそんな物があるのか。話すのなら、それを確かめてからにしたかった。

「大丈夫だ。もういいぞ」

かけられた声に顔を上げれば、久隆が奥の寝室から出てくるところだった。

ホテルに戻ってきた際、冬貴が部屋に入る前に、警備会社の人間が必ず部屋の中をチェックすることになっている。実家のことがあったからだろう。しばらくは自分も見ると久隆が言い、帰り着くなりもう一人の担当者と部屋の中を動き回っていた。

早く休んでくれと言ってはみたが、これは仕事だと一蹴されれば返す言葉もない。罪悪感から暗い気分になりながら待っていた冬貴は、寄りかかっていた入口扉から離れると、ありがとうと呟いた。

と、その時、背後で扉がノックされた。部屋の中に向かおうとしていた足を止め、数歩分戻り扉を開こうとする。だがそれよりも早く、背後から来た久隆が冬貴の手を止めると、脇に避けさせ自ら扉を開いた。

「はい。ああ、李か。どうした」

冬貴を背後に隠すようにして扉を開いた久隆は、扉の前にいた李の姿に眉を顰めた。久隆越しにそちらを見ると、確かにそこにはグレーのスーツ姿の李が立っていた。

「どうしたじゃありません！　撃たれたって聞いて……っ」

慌てた様子の李は、久隆の左腕に目を留めると、眦をつり上げた。そのまま、きっと冬貴を睨みつけてくる。

「あんた、一体どういうつもりだよ」

「おい、李。やめろ」

久隆の制止の声を振り切り、李が冬貴の前まで進み出てくる。自分のせいで久隆に怪我をさせたことは紛れもない事実で、冬貴は口を閉ざしたままその視線を受け止めた。警備会社の人間は交代で週二日休みをとることになっており、そういえば、今日は朝から李の姿を見かけなかったといまさらながらに気がつく。恐らく、休みの日だったのだろう。

「怪しいやつに呼び出されて、自分からのこのこ出ていったってな？」

怒りを抑えた声でそう告げた李は、何の反応も示さない冬貴にさらに苛立ったように声を尖《とが》らせる。小柄なせいか久隆達よりは幾分声のトーンも高く、静寂の中に李の声が響き渡った。

「それでボスに怪我させて、自分は無傷かよ。はっ、いいご身分だな。俺達は、金で雇われちゃいるが、あんたのための弾《たま》よけじゃねえんだ！　いいか、あんたなんか……」

「李！」

久隆の制止する声に、李がぴたりと口を閉ざす。勢いのまま冬貴に摑みかかろうとしていた腕を久隆に摑まれ、ゆっくりとそちらへ視線を動かした。

「っ！」

ぱん、と。軽い音とともに、李の頰に平手が飛ぶ。倒れはしなかったものの、叩かれた衝撃でぐらりと身体が揺らいだ。

「久隆さん！」

突然のことに驚き、慌てて久隆を止める。何を言われても仕方がないと思っていただけに、その行動に目を瞠った。

「李」

だが、冷たく李を一瞥《いちべつ》した久隆が、促すようにもう一度名前を呼ぶ。悔しそうに顔を歪めた李が、冬貴を睨みつけてくる。

「……申し訳ありません」

目は合わせないまま、吐き捨てるようにそう呟き踵を返す。その後ろ姿を見送っていると、隣で久隆が小さく溜息をついた。綺麗な所作で冬貴との距離をとりながら身体を向けると、深々と腰を折った。

「部下が失礼なことを言いました。申し訳ありません。代わって謝罪します」

これまでになかったその態度に、どうしていいかわからなくなる。肩に手をかけ、顔を上げさせると、左腕の怪我近くにそっと触れた。

「今日のことは私の責任です。彼の言う通り、私に何かあったとしても自業自得《じごうじとく》だ。なのにこんな怪我をさせてしまって……申し訳ありません」

ようやく言えた謝罪の言葉に、息をつきながら久隆を見る。そして、最も言わなくてはと思っていた言葉を告げた。

「ありがとう。……おかげで、助かりました」

ぽつりと、けれど真っ直ぐに久隆の目を見て言ったそれに、久隆が驚いたような表情を浮かべる。だが、それはすぐに複雑な表情の下へと隠された。

「あんたから目を離したのは、俺のミスだ。それに、結局あんたに庇《かば》われたようなものだったしな。……まあ、これからは不審な電話があったらすぐに話してくれると助かるが」

そう言われ、わかりましたと素直に頷いてみせる。兄の形見も確かに大事だが、周囲の人間を危険な目に遭わせたいわけではない。もしまた接触があれば対応を考えなければ。視線を俯けながらそう思っていると、なあと小さな呟きが落ちてくる。

「あいつらに、何か交換条件を出されたんじゃないか？」

どうして、と。顔を上げそうになるのをどうにか堪える。けれど、反応してしまったのはわかったのだろう。久隆の瞳が、今までとは違う鋭さを宿す。

「何を言われた？」

壁に手をつき、こちらに身を屈《かが》めてきた久隆に、冬貴は顔を上げられないまま沈黙した。しまった。そう思うものの、さっきの今で隠すわけにもいかない。

しばらく逡巡《しゅんじゅん》し、やがて諦めたように溜息をついた冬貴は、父親と和久井には黙っていて欲しいと前置きした。

「兄の形見と、交換だと」

「兄貴の形見？　ああ……確か十三年前に亡くなったと資料にはあったが」

「昔……事件が、あって。それに巻き込まれる形で……亡くなりました」

どうにかそれだけ告げれば、久隆がそうかと呟く。重苦しい沈黙が部屋に落ち、再びぽつりと久隆が続けた。

「何か、なくなっていた物があったのか？」

兄貴の物で。その問いには、首を横に振った。

「わかりません。あの頃のことは、正直よく覚えていないことが多くて……だから、もしなくしたままの物があるなら、と」

父親も和久井も、当時何があったかはほとんど口にしない。

覚えているのは、銃声と、鮮血。

車に連れ込まれそうになった自分を助けようとした兄が銃で撃たれ、血を流しながら倒れた。叫びながら兄の元に駆け寄ろうとしたがかなわず、倒れながらも絶望的な表情でこちらを見ている姿が遠ざかっていった。

その後、気がついた時には病院にいて……兄は、亡くなっていた。

「それであんたが危険な目に遭ってりゃ、世話はないがな。兄貴もそんな物いらねぇって言うんじゃないか？」

呆れた声に、思い出していた過去の光景から引き戻される。苦く笑い、そうだな、と溜息をついた。

歳が離れていたせいか、母親は違えど可愛《かわい》がって貰った記憶しかない。久隆の言う通り、それで冬貴が命を落とすことにでもなれば、怒られはしても決して喜ばれないだろう。

兄のために、というそれが、過去のことに対する罪悪感からくる自己満足でしかないことくらいわかっている。あの人のために何かをしなければ、償えない。誰に許されようと思っているわけでもない。多分、自分が自分を許せないのだ。

「で、あんたは『指輪』についてては何も知らないと」

「ええ」

「あんたが知ってるはずだって言ったんだよな」

念を押すようなそれに、こくりと頷く。全く知らないわけではないが、そこまで話すことはできない。あれは、その口がくるまで眠らせておくべきものだ。

「わかった。じゃあ、今日はこれまでだ。俺は隣に戻る。何かあったら呼べ、いいな？」

「待……っ」

踵を返した久隆に、冬貴は咄嗟に声を上げて久隆のジャケットの裾《すそ》を摑んでいた。前に進もうとしていたところをぐいと後ろに引かれ、驚いたように振り返る。反射的な行動に自分でも戸惑った冬貴は、だが覚悟を決めて口を開いた。

「今日は、こっちで休みませんか」

「……は？」

唐突なそれに、久隆の表情が驚きから啞然《あぜん》としたものに変わる。それじゃあ通じないだろうと思うものの、冷静に説明することができずぴたりと動きを止めてしまう。

（違う、そうじゃなくて……）

何から説明すればいいのか。混乱する思考をどうにか落ち着けようとするが、まとめようとした端から散らかっていき、会話の端緒すら摑めない。

「怪我、してるでしょう。だから……」

「なんだ、これの看病でもしてくれようっていうのか？」

冗談めかした久隆の声に、勢いよく顔を上げた冬貴が頷いてみせる。

「あ？」

ぽかんと冬貴を凝視した久隆が、信じられないものを見たような顔をする。そのあまりに胡散臭《うさんくさ》げな表情に、冬貴は憮然《ぶぜん》とした気分でなんだと睨みつける。

「腕の怪我で、数日は熱が出るかもしれないと言われていたでしょう。向こうの部屋は、夜も人が出入りしていると聞きました。だから、こっちの方がゆっくり休めるんじゃないかと……」

幸い、ロイヤルスイートにはベッドルームが二つある。冬貴が使っているメインのものより若干狭くはあるが、それでも一人で使うには持て余すほどの広さだ。

次第に言葉が尻窄《しりすぼ》みになっていくのは、理由が決してそれだけではないからだ。もちろん怪我の様子が気になっているのも本当ではあるのだが。

「ああ、何だ。もしかして、一人になるのが怖いのか？」

あっさりと指摘され、ぐっと言葉を詰まらせる。

小学生のようなそれに、言い出すに言い出せなかったのだ。だが、図星を指されたとわかったのだろう、久隆が楽しげに笑みを浮かべる。一見優しげな、そしてからかう気満々の表情が憎らしく、じろりと睨みつけた。

先ほど見た、大量の盗撮写真。あれを思い出す度に誰かに覗かれているような気持ち悪さが蘇り、せめて今晩だけでも知っている人間が近くにいるという安心感が欲しかったのだ。

もちろん、怪我をさせたことに対する申し訳なさもあった。それは本当だ。だが、思いつくまま言ってしまった数分前の自分の口を塞《ふさ》ぎたかった。

「なんだ、それならそうと早く言え。なんなら、添い寝でもしてやろうか」

声を潜めて顔を寄せてきた久隆に、眉間《みけん》に皺を刻んで不機嫌を露にする。

「いりません」

「まあ、遠慮するな。手を出さん保証はないが……」

「誰が……っ！　もういい！」

羞恥《しゅうち》と腹立たしさと混乱で、自分の感情を持て余しながら踵を返す。だが、それに苦笑を浮かべた久隆が、わかったわかったと言いながら冬貴の肩に怪我をしていない方の腕を回してきた。

「まあ待て。冗談だ。わかった、しばらくこっちで寝泊まりさせて貰おう」

そして、先ほどまでとは打って変わった優しく労《いたわ》るような仕草で、ぽんぽんと冬貴の肩を叩いてくる。

「立て続けに色々あったから、不安になっても当然だ。どちらもこちらでも調べておく。あまり心配するな」

その言葉に、ぎゅっと拳を握りしめ頷く。

久隆が撃たれた衝撃の方が強く、恐怖を忘れかけていたが、あの時自分に向けられていたのはやはり銃だった。決してあり得ないことではないと身をもって知っていたはずなのに、再び身近でそういったことが起こると、正直どうしていいのかわからなくなってしまう。

そして、あの部屋の惨状。一面にばらまかれた写真が恐怖心を煽ったのは事実だ。だがそれだけでは言い表せないような不安が、どうしても拭えない。

『傍に置いて、可愛がってやろう』

聞き覚えのない、ざらついた声が脳裏を過る。ぶるりと身震いしたのを、数時間前のことを思い出したと思ったのか、久隆が肩に置いた掌に軽く力を込めた。

「忘れるな。俺達は、お前を護るためにいる」

肩から伝わる体温。そのどこか優しい温《ぬく》もりに小さく微笑みを浮かべると、ありがとうと声にならない声で呟いた。

◇◇◇

『よろしく頼む』

そう笑った親友の顔を思い出し、久隆は小さく溜息をついた。

自分がここにいる理由。それを忘れたわけではないが、冬貴のあの顔にどうにも調子を狂わされてしまう。

（これじゃあ、あいつの言う通りじゃないか）

他人に対する感情など、ごく限られた人間に対するもの以外は幼い頃に捨ててしまった。

久隆にとって本当に『護るべき』人間――自分からそう思う相手は、片手にも満たない。

それ以外の相手に対してはたとえ仕事相手であっても、身柄の安全さえ確保できればいいというスタンスだった。警護対象の気持ちなど、知ったことではないはずなのだ……本来ならば。

ジャケットの内ポケットに入れたスマートフォンが震え始める。取り出せば、カモフラージュのためにつけた名前が表示されていた。和名で表示されているそれを苦笑とともに見遣《みや》り、部屋のドアが閉まっていることを確認する。

冬貴が泊まっている部屋の一角にある、ゲストルーム。一度、隣の部屋に戻り明日の朝までの指示を全て出した後、着替えだけを持ち再び冬貴の泊まる部屋に戻ってきた。ゲストルームもそれなりに広く、防音がしっかりしていることも確認している。ドアさえ開かなければ、外に声が漏れることはない。尤も、冬貴のあの性格では、意図的に聞かせない限りは盗み聞きするような真似はしないだろうが。

どこまでも生真面目な様子が目に浮かぶようで、自然と唇が笑みの形を作る。

念のため鍵をかけ、できるだけ隣室から離れた窓際に立つ。震え続けるそれに指を滑らせ受話状態にする。

「喂《はい》」

一言告げると、電話の向こうから耳慣れた広東語《カントン》が聞こえてくる。静かで穏やかな、柔らかい男の声。

『義嗣、調子はどう？　怪我をしたって？』

「かすり傷だ、問題ない。そっちは」

『やっぱり、首領《ボス》の言った条件を漏らしたのは伯父上《おじうえ》だね。あいつも、日本に行っているらしい』

予想通りの答えに眉間に皺を刻み、面倒な、と呻《うめ》く。

「こちらの状況は、メールで報告した通りだ。例の物を取引材料にしてきたから、間違いないはずだ。接触してくるにしても、多少は人目を気にしてる分ましってとこか」

『うん。まあ、失敗が続けばなりふり構ってこなくなるだろうけど。気が長い方じゃないし』

淡々と話す声には、危機感というよりは、面倒ごとに対するわずらわしさしかない。本来、冬貴に関する事情さえ絡まなければ、この男がさほど手をかける相手でもないのだ。

男――劉光稜《リュウグアンロン》は、久隆の親友であり香港《ホーコン》に古くからある資産家、劉一族の直系――次期当主候補である。光稜は、現当主の一人娘である香伶《シャンリン》の長男、つまりは孫にあたる。

昔は主に貿易、近年では小売、サービス業など幅広い事業を展開しているが、表向きの会社は標準的な知名度といったところだ。だが、あえてそうしている、というのが実際で、数多くの有名企業や政府高官、そして闇社会でその名を知らぬ者はいなかった。

不可侵の一族。支配を行わない代わりに、何者からも支配を受けない。劉一族は、香港でもそんな特殊な立場にある。

その理由が、一族直系に受け継がれる、ある能力にあった。

といっても、さほど明確なものでも、不可思議なものでもない。ただ代々当主となる人間には、人並み外れた直感力が備わっている、というだけのことだ。商売にせよ何にせよ、好機を決して逃さず、自身が見通した通りの結果を確実に出していく。

そしてもう一つ。他家の人間が劉家に危害をもたらそうとすると、なぜか、必ずそれらが何らかの形で己《おのれ》に返ってくる。そんな過去の出来事が重なり、長い年月の中で劉一族は不可侵の存在となっていったのだ。

さらに劉一族は、自身の財を成すと同時に、政府や企業、裏社会の人間に投資や助言という形で様々な便宜を図っている。それにより、香港での立場を安定的なものにしていた。

『あいつが近づくのだけは、絶対に阻止してくれ』

誰に、とは言わなくてもわかっている。嫌悪の滲むそれに、わかっている、と苦笑した。

「だが、首領も面倒なことを言い出したもんだ。次期首領の条件が『指輪を探し出すこと』とは」

溜息とともに肩を落とせば、ふっと小さく笑う気配がする。

『いいじゃないか。上手くすれば、これを機にうるさいのを片付けられる』

にこりとした優しげな笑顔で言っているところは容易に想像できるが、言葉には多分の毒を含んでいる。

「結構な指輪だってのは聞いたが、そんなに大事な物なのか？」

『一応、代々伝わっている物ではあるね。でも、価値としてはさほどでもないよ』

さほどでもない、の桁が一般的な価値観とかなり違っていることは、これまでの人生の中で嫌というほど思い知っている。どれだけの物だか、と心の中で溜息をつく。

『まあ、持ち出されてから今までずっと放置していたのを探せっていうんだから、何かしら意味はあるんだろう。それが、首領の力だ』

誰が、そこに辿り着くか。恐らく、あの齢《よわい》を重ねた老人はそれすらも見通しているのだろう。

『とりあえず、義嗣は引き続きそちらでの仕事を頼むよ。指輪のこともね。こちらでも手を打つけれど、可能性としてはそこが一番高い』

「了解。そっちは大丈夫か？」

『大丈夫。お前より頼りになるガードがいるから』

こちらのことはいい、というそれに、苦笑する。確かに、光稜の傍には専属のボディーガードが必ず複数人ついている。そして一番近くに自分の師匠に当たる人がついているため、さほど心配はしていない。

また何かあれば連絡する。そう言って電話を切り、スマートフォンをジャケットに戻す。汚れたスーツを脱ぎ、シャツにジーンズというラフな服装に着替える。休むつもりではあるが、いつ何があっても動けるようにしておくのだけは忘れない。

ふと、あの怒るか冷めた表情しかしなかった冬貴が、驚くほど頼りなげな表情で久隆を引き留めたことを思い出す。いつもなら絶対にクライアントの部屋に泊まるようなことはしなかっただろうが、その表情に、久隆の中にある何かの感情が揺り動かされたのだ。咄嗟に、傍にいてやりたいと思った。そして、そんな自分自身に久隆は驚いていた。

「らしくない」

溜息をつき、その息がわずかに熱を持っていることに気づく。先ほどから少し傷が疼《うず》き始めている。治療した際に飲んだ鎮痛剤が切れてきたのだろう。

痛み止めは、何かあった時に集中できなくなるため、よほどの時以外は飲まないようにしている。それに、今回の怪我は、久隆にとってさほどひどいものでもない。今晩は熱が出るだろうが、明日には下がるだろうし、傷も数日で塞がるはずだ。

冬貴が後で様子を見に来ると言っていたのだが、それはさすがに断った。それよりも朝まで寝かせて貰った方がありがたいと言えば、看病するとは言ったもののどうすればいいのかわかっていなかったのだろう、生真面目な様子で頷いた。ゆっくり休んでくれと言い残し、自分もベッドルームへと戻っていった。

「水でも飲むか」

水分だけはとっておこうと、部屋を出る。間接照明によりぼんやりと照らされた室内を見回せば、ベッドルームの扉がわずかに開き、隙間から明かりが漏れているのが見えた。

「まだ起きてるのか？」

先ほど、久隆がこちらに戻ってきた時に、今日は疲れたからもう寝ると言っていたのだ。

あれから、それなりに時間も経っている。

(まあ、これだけ一気に色々あれば、気が立って眠れないのかもしれないな)

様子を見ておくか。そう思いながら扉の方へと近づき、だが、漏れ聞こえてきた微かな呻き声に眉を顰める。

(うなされている？)

直後、唐突に叫び声が部屋に響る。

「……ぁあ、ぅあぁぁぁぁぁ！」

「――っ‼」

手をかけていた扉を勢いよく開き、すぐにベッドルームの中に視線を走らせる。注意深く見回し誰もいないことを確認すると、ベッドサイドへと足早に近づいた。見れば、ベッドに横になったまま、天井を凝視するように大きく目を見開いて硬直している冬貴の姿がある。

「おい？」

あまりに不自然な様子に、久隆の声が訝しげなものになる。ベッドの傍らに立ったまま、肩を揺する。すると無意識のうちに息を止めていたのか、ひゅ、と喉を空気が通る音が微かに聞こえてきた。同時に、硬直していた身体がびくりと震える。

「……っ、嫌だ！　触るな……っ」

「おい！　おい、冬貴‼」

ベッドから跳ね起き暴れ始めた身体を、両腕を掴んで止め、大きく揺さぶる。久隆の声に再び身体を震わせた冬貴は、我に返ったように瞬きするとぴたりと動きを止めた。

紙のように白くなった顔と、頬を伝う涙。それにも気づいていないようで、冬貴はぼんやりと顔を上げ久隆を見る。

「あ……」

そして久隆と視線が合った瞬間、全身からかくんと力が抜けた。ぐらりと横に倒れそうになった身体を支えれば、怪我をした場所に痛みが走りそのまま引き摺られるようにしてベッドへと倒れ込んでしまう。

「っつ。おい、大丈夫か？　――おい？」

なんとかベッドの中央辺りまで引き戻せば、そこには再び眠りに落ちた冬貴の姿があった。

「寝やがったな」

呆れたと溜息をつき、身体を起こそうとする。だが冬貴の頭の下に敷かれた右腕を無理に引き抜けば、再び起こしてしまいかねず、躊躇うように動きを止めた。図らずも腕枕をした状態で、上半身を半分だけ起こして見遣る。久隆の腕に頬をつけるようにして寝ている冬貴

は、先ほどまでの混乱が嘘のように穏やかな寝顔をしていた。

眼鏡を外し無防備に眠っているその横顔は、普段の冷たい美貌をどこか幼く見せている。いまだ青白い頬に落ちる睫《まつげ》の影と、そこに残る涙の跡。それは痛々しくはあれど、艶《なま》めかしさすら感じさせた。

一体、何の夢を見たのか。夢とはいえ、尋常ではない取り乱し方だった。

指先で濡れた頬をそっと拭い、目尻に唇を寄せる。無意識の行動にはっとした久隆は、自分が何をしているかに気づき顔を引いた。

「……あー」

薄々、やばいなという気はしていた。気のせいだろうと思うようにしていた。

けれど、それが言い訳のできない決定的なものになった気がして、自分の内面から目を逸らすように溜息をつく。

「明日の朝文句言いやがったら、覚えてろよ」

そうして、表情ほどには険しくない柔らかな声で、久隆は腕の中の体温をそのままにベッドへと身体を横たえた。

◇◇◇

——何かが、違う。

そう思ったのは、久隆《くりゅう》が怪我《けが》をした翌日からのことだ。

リビングルームのソファでノートパソコンを前に仕事をしていた冬貴《ふゆき》は、扉の近くに立つ久隆に視線をやった。いつもと変わらぬ姿に、けれど落ち着かない気分になる。

久隆が怪我をした翌日の朝、起きてみればなぜか久隆が同じベッドで寝ていた。シャツにジーンズという服装は、きちんと休むには不向きで、何かあった時にすぐ動けるようにだろうということはすぐに知れた。だが、目が覚めた時に視界に入ったその姿に、一瞬冬貴は自分がどこにいるかわからなくなってしまったのだ。

目は覚めていたのか、冬貴が身動《みじろ》ぐと目を開き「起きたか？」と問いかけてきた。茫然《ぼうぜん》としたまま頷《うなず》けば、ぐいと頭の下にあった温かい感触が抜け出していき、妙な物足りなさを感じてしまったのだ。そして、そこでようやく、自分が久隆に腕枕をされたまま寝ていたことに気がついた。

結局のところ、あの夜何があったのかはわからない。

久隆に尋ねれば、寝ぼけて連れ込まれたと笑いながら言うばかりで、まさか本当に自分がそんなことをやってしまったのかと青くなった。

その日からだろうか、久隆の冬貴に対する態度が、何となく柔らかくなった気がするのだ。いつものようにからかいまじりのものではあるのだが、それよりも。

（多分、目が……）

「何だ、どうした？」

不意に目が合い、久隆が何か用かと問いかけてくる。慌てて顔を背け、いや、と再び書類へと視線を落とした。

あの日から、冬貴は会社の往復以外ほとんど外出をしていない。仕事上どうしても遠出しなければならない場合もあるが、大人《おとな》しく久隆達の言う通りにしていた。

『指輪もそうだが、あんた自身に何かある可能性も高い』

はっきりとそう告げられた、それに対する不安もある。だがそれよりも、また自分のせいで誰かが怪我をするような状況を作りたくはなかった。

ちらりと、テーブルの上に置いた写真立てに目をやる。今の冬貴よりもまだ若い、二十歳《はたち》前半の青年の写真。父、雅之《まさゆき》の面差《おもざ》しによく似たその青年は、冬貴の異母兄、篤紀《あつのり》のものだ。

今日は兄の命日なのだが、先日の件もあり、たとえ墓参りでも外出したいと言うのが憚《はばか》られ、落ち着いてからにしようと決めた。

「よかったのか？」

かけられた声に振り返れば、久隆が視線で篤紀の写真を指す。恐らく資料で命日であることは知られているのだろう。冬貴はああと頷いた。

「和久井《わくい》に頼んでいるし、少し遅れたからといって兄も怒らないでしょうから」

「そういえば、今日は、あの世話係は休みか？」

土日もホテルに顔を出しているため、久隆も不思議に思ったのだろう。その問いに冬貴は首を横に振った。

「今日は家に親戚《しんせき》が集まるので、そちらの手伝いに……和久井の父上が昔からうちで働いているので、たまにこうやって呼び出されるんです。それに、私からも実家に行くように頼みましたから」

一瞬不思議そうな顔をした久隆に、冬貴が苦笑する。

「和久井は、兄と仲がよかったので。命日くらいは、兄についていて欲しかったんです」

「そういうものか」

そういった感覚はないのか、久隆が納得いったような、いかないような表情をする。

「あんたはいいのか？」

「え？」

「いや、親戚が集まるんだろう？」

久隆の問いに、何を聞かれたのかがわかり小さく笑う。

「私は、元々親戚の集まりには出ないんです。だから大丈夫、ありがとう」

そう告げれば、久隆が何かを考えるように目を細める。

「あんた、篠塚《しのづか》の跡取りなんじゃないのか」

その問いに、久隆の言葉の意図を悟った冬貴は困ったような笑みを浮かべることしかできない。世間的にも実質的にもそれは間違いではないのだが、実際のところ冬貴は雅之の跡を継ぐ気はないし、雅之が冬貴へ継がせることもないはずだ。

それは冬貴を生む前に交わされたという、雅之と母との間の約束だった。

「雅之氏が継がせないと？」

意外そうな声は、父親の態度がそうは見えなかったからだろう。もちろん父親に疎まれているというような理由ではないと、冬貴は首を振った。

「それを言ったのは、母の方です。元々篠塚は古い家だから、あまり余所者《よそもの》を好まなくて。そんな中でも母は特に、出自もわからない人だったので。結婚することになった時、私がすでにお腹《なか》にいたせいもあって、猛反対されたらしいです」

結婚しても、雅之に迷惑をかけるだけ。そう言って、母は結婚の申し出をずっと断っていた。それでも父は引かず、やがて根負けするように、母はある条件と引き替えに了承したのだという。

その時の条件が、冬貴に篠塚家の一切を相続させないこと、だったのだ。

「あんたは、それでいいのか？」

ぽつりと呟《つぶや》かれたそれに、冬貴はもちろんと頷く。

「母からその話は聞いているし、私は篠塚の家が欲しいわけじゃない。仕事は私が好きでやっているることだし、会社も、上に立つのにふさわしい人間が幾らでもいる」

それに、とさらに言葉を続けた。

「……家に縛られるより、自由に生きてくれと。父も兄も、そう言ってくれたので」

兄が生きていてくれれば、家にもちゃんと跡継ぎがいたけれど。恐らくそれは、親戚の誰かが養子に入り継ぐことになるだろう。そう告げれば、久隆は何も言わずそうかと呟いた。

「久隆さんは……」

「久隆でいい。後、敬語もな」

これを機に久隆のことを聞いてみようと続ければ、不意にそんな答えが返される。その言葉がなぜか嬉《うれ》しく、小さく微笑《ほほえ》みながら頷いた。

「久隆は、兄弟はいるのか？」

「いないな。ついでに、親代わりはいるが両親もいない。捨て子だったからな」

「え？」

予想もしなかった答えに茫然とした冬貴は、だが次の瞬間しまったと口を閉ざす。あまり触れてはいけない部分に、いきなり土足で踏み込んでしまった。気まずさから、それ以上言葉が続けられなくなってしまう。

「念のために言っておくが、別に聞かれたくない話ってわけじゃない。今言ったとおり、親代わりもいるし歳《とし》は同じだが兄弟みたいなやつもいるからな」

「あ……そ、そうか。悪かった」

その言葉に幾分ほっとし、肩の力を抜く。

「別段、珍しい話じゃないさ。物心ついた頃には、もう親代わりの人に拾われてた。まあ、特に困ることもなかったな」

淡々と告げられるそれは、本当に何の感慨もないのだろう。ただの事実を語るような口調に、なぜだか胸が痛くなった。

「ただ、兄弟みたいなやつの家が複雑でな。そいつも母親に捨てられたようなものだった。父親も早くに亡くしていたから祖父に育てられていたが、ほとんど構われることもなかった。あれはあれで親がいないも同然だったな」

「そうなのか」

冬貴自身は、母親と兄を早くに亡くしたとはいえ、父親から大切にされている自覚はあった。親戚が何を言おうと、父親だけは味方だと思うことができたから、冬貴もまたそれでいいと思えるようになったのだ。

(母さんはともかく、兄さんが死んだ時はひどいものだったからな)

篤紀の母親は篠塚の遠戚で、その分跡取りとしても期待されていた。それだけに周囲の失望は大きく、残された冬貴に対する風当たりもかなり強かったのだ。自分達が望む跡取りが早世し、どこの馬の骨かもわからない女の息子《むすこ》だけが残った。篤紀の葬式の時、冬貴本人にお前が死ねばよかったのにという言葉をぶつけてくる者すらいた。

篤紀よりも前に亡くなった母はともかく、父親と和久井がいなければ、冬貴自身そう思うことを止められなかっただろう。

「久隆もその人も、お互いがいてよかったんだろうな」

多分、人は、誰か一人でも自分が必要だと言ってくれる人がいれば生きていける。そしてそれが今はもういない人だったとしても……記憶は残る。

そんな呟きを聞いていた久隆は、ふと真面目《まじめ》な声で冬貴に問いかけてきた。

「あんたは、もし自分が憎まれていることがわかったら、どうする？」

「え？」

その問いに、びくりと肩が震えた。

『もし、自分が生きているだけで誰かを不幸にしているとしたら……どうする？』

不意に蘇ったのは、以前久隆が冬貴に対していった言葉。そしてそれが冬貴のことを指すのなら、自分が誰かを不幸にしているというのだろうか。

そう思いながら、探るように久隆を見る。だがそこにはただ答えを待つ静かな瞳があるだけで、冬貴はそっと目を伏せた。

「わからない。でも、多分どうもしない」

「知ったことではない、ということか？」

静かな声に、それは違うと苦笑した。

「自分が間違いを犯して、償える問題ならそうする。でも多分、今聞いたことは、そういうこととは違うだろう?」

それならば、自分にできることは何もない。

「誰かを傷つけていると知っていて、それでも生きるしか、私にはできない」

ぽつりと呟いたそれは、部屋に満ちた静寂の中に染みるように落ちていく。

自分だけの力でできることなど、ほんのささいなことだけだと知っている。この命すら、自分自身で護《まも》ることすらできなかったのだ。

「多分、私は生まれてこない方がよかったのだと思う」

卑屈になっているのでも、自棄《やけ》になっているのでもない。事実それは、物心ついた頃、自分を生んだ人から言われた言葉であった。

『私の一番の罪は、あなたを生んでしまったことだわ』

でも、後悔はしていないし、生んでよかったと思っているけれど。添えられた言葉は、言うつもりのない言葉を言ってしまったことへの罪悪感だったのだろう。

「母親がそう言ったのか」

「ああ。それに兄も、私がいなかったら命を落とすことはなかった」

十年以上前の事件。それは、当時十五歳だった冬貴が、何者かに誘拐されたというものだった。

中学生の頃、登校したものの、朝からあった微熱が徐々に上がり始めた。昼頃には本格的に体調が悪くなり早退したのだが、事件はその下校中に起こった。

偶然、大学から早く帰っていた兄が学校の近くまで迎えに来てくれた。その際、不審な車に連れ込まれそうになっている冬貴の姿を見つけ、助けようとした。だがその時に、運悪く犯人が持っていた拳銃で撃たれたのだ。

「私は、その頃の記憶が……特に、連れ去られた後のことが曖昧《あいまい》で……。兄が撃たれて倒れたところだけは覚えているが、助け出されて気がついた時には病院に運ばれていた。そして兄は、もうその時には息を引き取っていた」

後で聞いた話だが、冬貴は結局、誰に助けられたのかもわからなかったらしい。兄が撃たれて間もなく何者かが救急車が呼んだことと、その翌日、気を失った冬貴がいる場所を告げる電話が警察に入ったことしかわからなかったのだという。

全てが謎《なぞ》のまま、唐突に事件は終わりを告げたのだ。

「そうか」

ぽん、と不意に頭に乗せられた掌《てのひら》に顔を上げる。いつの間にか隣に来ていた久隆の顔を見て、ほっと安堵《あんど》し、笑みを浮かべた。

なぜだかわからない。だが、同情も哀れみもないその瞳が、とても優しいものに感じられたのだ。

何かで償いを、と思うのは、傷つけられた方にしてみればただの欺瞞《ぎまん》でしかないだろう。償うことでその人の何かが癒《いや》されるのならばいいが、そうでないのならば、自分にできることは何もない。償うつもりで、逆に相手を傷つけてしまっては意味がないからだ。

ただ、その事実と重さを忘れずにいる。それだけしか、できることはない。

そう告げれば、何かを納得したように久隆が頷き、そして小さく笑った。

「あんた、あいつにそっくりだ」

くくっと笑いながら告げられたそれに、先ほど話に出た人かと問えば、そうだと答えが返ってくる。

「自分の生き方に、潔い。全てを抱え込んで、それを背負って生きようとするのは、誰かに許しを請うよりも難しいだろう」

それでも真《ま》っ直《す》ぐに前を見て、そして自分が誰かを傷つけていることを忘れないのならば、その生き様は誇り高いと言えるだろう。そう言った久隆は、ちらりと冬貴を見るとどこか仕方がないといった笑みを浮かべた。何かを諦めたようなそれに、冬貴は面映《おもは》ゆいような不思議な気持ちになる。

「俺は、あんたのその考え方が好きだって話だよ」

「……っ」

不意に言われた言葉に、どきりとする。だが同時に、久隆の言葉が自分と誰かを重ねて見ているものだからだと気づき、わけもなく胸が痛んだ。

久隆が、その人を大切に思っていることが伝わってくる。そんな表情だったのだ。

だが、そんな微妙な冬貴の心の内など知らぬまま、久隆が続ける。

「それに、母親のそれは自分の後悔であって、あんたを生まなきゃよかったって話じゃないだろう。兄貴のそれも、聞く限りあんたのせいじゃない」

「あ……」

「殺されたことが誰かのせいになるのなら、そりゃ兄貴を殺したやつのせいだ。あんたが殺したわけでもないのに、妙な罪悪感なんか背負われちゃ、助けた方は助け損だろう」

そんなことは当然だ、と言わんばかりの言葉に、冬貴は胸が塞《ふさ》がれるような気がした。何度も父親や和久井に言われたことではあるが、冬貴にしてみれば、どうしても自分のせいという感覚が抜けなかったのだ。

けれど、兄の死に罪悪感を持つことこそが失礼なのだという久隆の言葉は、なぜかすとんと胸の奥に落ちてきた。

「……はは」

決して、今まで抱えていた罪の意識が消えたわけではない。母親の言葉も、冬貴の胸の奥にいまだつかえている。けれど、それをくだらないと一蹴《いっしゅう》してみせた久隆の言葉に、心が掬《すく》い上げられたような気がした。

胸が詰まり、じんわりと目元が熱くなるような感覚に慌てて俯《うつむ》く。すると、久隆が冬貴の横に並ぶようにソファへと腰を下ろし、おもむろに冬貴の頰《ほお》に手をかけてきた。

「っ！」

「この際だ。あんた、眼鏡《めがね》外すのが苦手だろう。どうしてだ？」

真っ直ぐに正面から見据えてくる瞳と、頰に添えられた手。それだけで顔を背けられなくなってしまった冬貴は、ぎこちなく首を横に振った。

「わからない」

「わからない？」

眉《まゆ》を顰《ひそ》めたまま冬貴の答えをなぞるように問い返され、今度は小さく頷いてみせる。間近にある久隆の顔を正視できず、うろうろと視線をさ迷わせた。落ち着かない。息苦しさすら感じ始め、喘《あえ》ぐように答えた。

「元々、さほど視力が悪い方ではないんだ。だが、小学生の頃くらいから父親にかけるように言われて……」

たまに母親から連絡がきた時にも、外ではできるだけ眼鏡を外さないようにと何度も言われていた。

昔は、眼鏡も今ほど気軽な値段で買えるものではなかったため、なくさないようにと言われているのかと思っていたが、今思い出してみれば言い方がおかしい気がする。

実際かけてみると寝る前以外に外す機会というのもさほどなく、また、人前で素顔を晒《さら》すのに躊躇《ためら》いを覚えるようになった原因は別にあるため、今改めて思い出すまで特に疑問を持つことがなかったのだ。

「多分、事件の時に……何かあったんだとは思う。あれ以来、誰かの前で眼鏡を外すのが怖くなった」

正確には、素顔のまま人と顔を合わせることが、だ。事件の後、入院していた病院でも眠る時以外はずっと眼鏡をかけていたし、眠る時も布団《ふとん》に潜り込んでいた。あの頃よりは多少ましになっているが、それでもやはり、真正面から人と顔を合わせるのは苦手だった。

「なあ、外してみていいか？」

「え⁉」

今の会話でどうしてそうなるんだ。唖然《あぜん》としていると、至って真面目な表情で久隆が駄目かと問いかけてくる。

「……――」

正直に言えば嫌だった。だが、すぐにそれが出てこない。頬に添えられた掌が温かく、そっと撫《な》でられると強張っていた身体《からだ》から力が抜けていく。

「……わかった」

答えると同時に、久隆が微笑む。妙に優しげなその顔を正視することができず目を逸らせば、そっと眼鏡の蔓《つる》に指がかけられた。

ゆっくりと眼鏡が外される心許《こころもと》ない感覚と、正面にある人の気配に身が竦《すく》む。思わず俯くと、促すように添えられた手で上向かされていく。

「怖いか？」

穏やかな声で聞かれたそれに、逸らしていた視線をゆるゆると前に戻していく。そして正面から見据えてくる久隆の瞳を見た途端、今度はそこから目を離せなくなってしまった。

「う……ぁ……」

唇《くちびる》を開こうとし、けれど意味不明の音混じりの吐息しか出ない。

(怖くは……ない、が)

不思議と、以前眼鏡を外していた際に久隆から覗《のぞ》き込まれた時のような恐怖心はない。事件以降、父親以外の前で外せなかったそれを、こうして他人の前で外すことができた。なおかつ怖くないことを意外に思い、今度はまじまじと久隆の顔を見つめてしまう。

(ああ、やっぱり)

精悍《せいかん》な顔立ちは、冬貴とは違いパーツが大きく、けれど野蛮な感じがしない。すっきりとしたそれはむしろ上品で、だからこそ体力勝負的な感じもするボディーガードという職業に違和感があった。

（今は、そうでもないが）

「おい？」

不意に正面にある久隆の顔が不審そうなものになり、何かを思いついたように口端が上げられた。

「え？」

直後、自然に距離を縮めてきた顔に避ける間もなく、唇が温かく湿ったものに塞がれる。

「……――ッ⁉」

驚きのあまり固まった冬貴の身体に、そっと久隆の両腕が回される。そして次の瞬間、ぐいと引き寄せられ、唇の合わせが深くなった。

「んんっ⁉　……っ！」

思わず久隆の腕を摑《つか》み、身体を離そうとする。だがそれが逆にしがみついているような形になってしまい、さらに混乱を招いた。

弾みで開いた唇の隙間《すきま》から、口腔《こうこう》に舌が差し込まれる。

「ん……っ」

濡《ぬ》れた舌が、冬貴のそれを搦《から》め捕る。温かな感触が冬貴の舌を舐《な》め、やがて上顎《うわあご》の裏をくすぐっていく。息苦しさと奇妙なほど身体に籠もり始めた熱に、身を捩《よじ》ろうとする。だがそれはかなわず、絡められた舌が久隆の口内へと引き込まれ、軽く歯を立てられた。

「……ん、ぁ」

軽い刺激にぞくりと背筋が震える。だが、それが悪寒ではないことに気づいた瞬間、我に返った冬貴は久隆の身体を突き放した。みるみるうちに頰に血が上っていくのが、自分でもはっきりとわかる。

（今、何を……）

咄嗟《とっさ》に手の甲で濡れた唇を拭い、唇が濡れていた、というその事実でさらに頭の中がパニックになっていく。

「な、な、何……っ‼」

突き放されると同時に口づけを解いた久隆を見ると、心の底から楽しそうに、にやにやと笑っている。そして冬貴の問いに、悪びれた様子もなく小さく肩を竦めてみせた。

「なにって。そりゃあ綺麗《きれい》な顔が、そんな目して人の顔じーっと見てりゃ、キスの一つくらいしたくなるだろう？」

「な、そ……き……」

混乱するあまり日本語すら紡げなくなった冬貴を見て、久隆が小さく目を見開く。やがて本気で面白がっている顔で盛大に笑い始める。

「何がおかしい！」

思わず怒鳴れば、いや、と笑いの収まらない息の中で続けた。

「あんたも、そんな顔できるんだなと思ったら、つい……くっ……すげえ間抜け面《づら》……っ」

最後の一言に、冬貴の脳裏で何かがぷちりと音を立てる。

そして、今までで一番大きな冬貴の怒声とともに、笑い続ける久隆の頭に拳《こぶし》が振り下ろされたのだった。

◇◇◇

「……ん？」

朝、クローゼットの中に置いた旅行鞄《かばん》を視界の端に留めた冬貴は、違和感を覚えて首を傾けた。置いていた位置が微妙にずれている気がして、鞄を手に取る。

「気のせいか？」

中を改めるが、なくなったものはなさそうだった。元々がスーツ類や着替えしか持ってきておらず、盗られて困る物は特にない。念のため金庫を開き貴重品を改めるが、これといって変化はなかった。

部屋の清掃の際にでも、ずらされたのかもしれない。もしくは、自分の記憶違いだろう。そう思い鞄を置くと、ベッドルームの外から久隆の呼ぶ声がした。

「まだか？」

「ああ、悪い。今行く」

慌ててネクタイを直し、踵《きびす》を返す。すると、すでに部屋の扉の前で待っていた久隆が、検分するように冬貴を上から下まで眺めた。そして、おもむろに眼鏡に手をかけてくる。

「ちょっと待て、おい！」

ごく自然な動作で外されたそれに、慌てて取り返そうと手を伸ばす。だが一歩遅く、眼鏡は久隆の胸ポケットにしまわれ、ぐいと腰に回された手で身体を引き寄せられた。

「ああ、わかったわかった。すぐ済むから、大人しくしていろ」

「――んっ」

いなすような言葉とともに、唇を軽く塞がれる。思い切り胸を押し返せばあっさりと口づけは解かれ、眼鏡を掌に載せられた。茫然とそれを見ていれば、何事もなかったように行くぞと促される。

(何なんだ、一体！)

濡れた唇を乱暴に拭い、久隆の背中を睨《にら》みつける。

一切悪びれもしないそれは、軽いキス程度ではあるのだが、そもそもなぜそんなことをしているのかが冬貴には理解できなかった。そして何よりも、文句を言いながらも本気で嫌がってはいない自分が、最も理解できない。

眼鏡をかけ直し、熱くなった頬に気づかないふりをして部屋を出る。部屋の外で待機していた男に会釈をし、落ち着かない鼓動を宥《なだ》めるようにそっと息を吐いた。

ホテルの部屋の入口でこんなやり取りが始まって、はや数日。怪我の日以降、冬貴の部屋のゲストルームに寝泊まりするようになった久隆は、あの日から冬貴に対しスキンシップ……というにはいささか度を越した接触を仕掛けてくることが多くなった。

久隆さえよければ、ゲストルームに泊まって欲しい。そう頼んだのは冬貴だ。抜糸が済むまで、と言い訳のように付け加えたのは、怪我に対する責任感の他に、近くに人がいると安心するという理由をごまかすためだ。

『俺は別に構わない。なんなら、添い寝もしてやろうか？』

にやりと笑った久隆にふざけるなと怒鳴りつつ、先日、朝目が覚めたら隣に久隆が寝ていた時のことを思い出し口元を歪めた。

あの夜、とても嫌な夢を見ていた気がするのだ。どんなものだったかは全く思い出せないが、ひどく気持ちが悪いということだけ覚えている。一番気まずいのは、そんな夢を見ていたせいか、隣で寝ていた久隆の姿に驚くと同時に安堵した自分がいたことだ。

「それにしても、本当にいいのか？」

「ああ、別に構わない。それにあんたも、最近、仕事以外でどこにも行っていないだろう」

気分転換にもなるだろう、というそれに、小さくありがとうと返す。

祝日の今日、本来なら仕事は休みなのだが、久隆が兄の墓参りに行ったらどうだと提案してくれたのだ。

『あんたのことだから、警備が終わってからと思ってるんだろう。行きたいところがあるなら、そう言えばいい』

逡巡《しゅんじゅん》したものの、結局は久隆の言葉に甘えて連れていって貰《もら》うことにした。ずっとホテルの中にいても、色々と考えてしまい落ち着けなかったからだ。

先日の不審電話のこと、空き巣のこと、ばらまかれた写真のこと。

そして、久隆のこと……——。

もっと考えなければならないことが色々とあるのはわかっている。だがここ最近、気がつけば久隆のことを考えてしまっているのだ。

(案外、話すのは楽しいしな)

夜、久隆が部下に指示を出し終えて冬貴の部屋に戻ってきた後、冬貴が起きているとそのまま雑談することもあった。大体が互いの昔話などだが、これまでそういった話をする相手もいなかったため、ある意味新鮮だった。

身内が相手だと、昔の事件のことや兄のことを思い出させてしまい気を使う。また、昔自分が親友だと思っていた相手に過去の話をした際、そこから色々な脚色をされて『篠塚のお坊《ぼっ》ちゃん』の話として面白おかしく広められてしまったことがあり、以降、家のことなどを他人に話すことはなくなっていた。

久隆は、何となくだが、そんなことはしないだろうと思えた。そしてその話をした時、久隆が『さすがに、俺個人を信用しろとは言わないが』と前置きして言ったのだ。

『警護期間中に見聞きしたことに対しては、全て守秘義務がある。もしも何かあれば、遠慮なく訴えればいい』

あっさりとそう言った久隆の言葉に、安堵と、そして一抹《いちまつ》の寂しさを覚えた。

こうして自分の相手をしているのも、仕事のうちなのだ。その事実を思い出し、だが何よりそれにがっかりしている自分に対して冬貴は困惑した。

篠塚冬貴という個人を、相手にしているのではない。あくまでも冬貴は――警護対象なのだ。

（……いや、それは当然だろう。一体何を考えている）

ふと、自分がいらないことまで思い出していることに気づき、かぶりを振る。

「ん、どうした？」

冬貴が足を止めてしまったことに気づいた久隆が振り返る。顔を見た瞬間、落ち着かない気分になり、冬貴は「何でもない」と口早に呟き久隆を追い越していった。

人気《ひとけ》のない墓地で、冬貴は花束だけを手に目的の場所へと向かった。

墓参りには久隆だけがついてきている。ここに来る前に、久隆は部下達に周囲の警戒を指示していた。できれば静かに参りたいと思っていた冬貴は、可能な限り人払いをしてくれた久隆に内心で感謝した。

『俺達のことは気にせず、気の済むまで話したらいい。悪いが、一人はついていくことになっているから、俺だけ一緒に参らせて貰ってもいいか？』

そう言った久隆に、冬貴は一も二もなく頷いた。ただ墓の前で手を合わせるだけのことではあるが、亡くなった者への敬意を込めた、そんな気遣いがありがたかった。

霊園で借りた手桶《ておけ》と柄杓《ひしゃく》は、久隆が持ってくれている。墓の前に着くと、それを受け取り墓の周りを簡単に掃除した。と言っても、つい先日の命日に父親達が綺麗にしてくれていたため、あまりすることはない。墓石を拭き、花立てに供《そな》えられた花で枯れたものを取り除いていく。そして空いた場所に、持ってきた菊の花を供えた。

冬貴が淡々と作業をしていると、横から当然のように久隆が手を出し手伝ってくれる。さすがにそこまでしてもらうのは申し訳なく断ると、いいからさっさとしろ、と枯れた花が手元から回収されていった。

「ほら、その辺のゴミも」

言われるままに渡すと、花束を包んでいた紙に全てまとめて包んでいく。ゴミは、帰りに入口のゴミ捨て場に捨てていくことになっているためそう伝えれば、わかったと頷く。

ありがとう、と呟くと、いいから続けろと苦笑される。その言葉に頷き、線香に火を点《つ》けて、兄や和久井と一緒によく食べていた団子を供えた。実家の近くにあるそれを、兄はよくお土産《みやげ》にと買ってきてくれたのだ。

数珠《じゅず》を手に墓の前にしゃがむと、微《かす》かな砂利を踏む音とともに、少し後ろで久隆が同じようにしゃがむ気配がした。

(兄さん、お久しぶりです……)

冬貴がお参りに来るのは、いつも盆と命日を過ぎた頃だ。目を閉じて、色々なことを報告し、今日一緒に来た久隆のことも告げる。

そして、少しややこしい事態になっていることも。

一体、自分の周りで何が起こっているのか。不安と、困惑。だがその一方で、何か知らなければならないことがあるような気もしていた。

(久隆は……もしかしたら、何か知っているのだろうか)

ふと、そんなことを考える。自分に向けた『生きているだけで、誰かを不幸にしているとしたら』という質問。あれは、誰かと冬貴を重ねて見ていたから、聞いたのだと思っていた。

だが、もしも……。

(いや、気のせいだろう)

久隆は父親がよく知る警備会社から派遣されてきた人間だ。何もかもが、そう都合よく繋《つな》がっているはずもない。

いつの間にか自身の考えに浸っていたことに気づき、改めて兄に詫《わ》びる。また事が落ち着いたら報告に来るから、と最後に言い添えて目を開いた。

「もういいのか？」

背後からかけられた声に頷く。そのまましばらくじっと墓を眺め、ぽつりと呟いた。

久隆に話してどうなることでもない。何より、誰にも話してはならないことだと思っていた。だが、無性に聞いて欲しくなったのだ。自分の胸に収めていた、秘密を。

「ただの独り言だ。聞かなかったことにしておいてくれるか？」

「ん？……ああ、大丈夫だ」

冬貴の静かな声に、何かを察してくれたのか、久隆が真面目な声で答えてくれる。

「私は、篠塚とは血の繋がりがない」

「……――」

微かに息を呑《の》む気配がし、だが、久隆は何も言うことはなかった。そのことにほっとして先を続けた。

「どういう経緯で母が父と結婚したのかはわからない。父がそれを知っているのかも、ずっと聞けないままでいる。だが……だからこそ私は篠塚の一切を継ぐ資格がない」

もし、万が一父親がこのことを知らなかったら。唯一の実子であった篤紀が亡くなり、赤の他人の子供である冬貴だけが生き残ったと知ったら。父は、これまで以上のショックを受けるだろう。けれど同時に、本当のことを聞いてみたいという欲求も心のどこかにあった。

「久隆は、依頼を受けた時に父から何か聞いていないか？」

「いや。依頼の内容は、篠塚家の次男坊の警護。それだけだった」

次男坊、という言葉に苦笑する。自分を本当の意味で次男扱いしてくれるのは、父と和久井を含めごく限られた者だけだ。この上、冬貴と雅之の間に血の繋がりがないと発覚すれば冬貴などあっという間に篠塚から追い出されるだろう。

黙っていたのは、あの家にいたかったというよりも、父親である雅之を一人にするのが心配だったからだ。旧《ふる》い体質から抜け出すことのできない一族を取り仕切り、グループのトップに立ち続けるのは、相当の苦労が伴う。グループの今後を考え、能力のある者を生かしていこうとしている今は、それが顕著になっている。

父親には、これまで大切に育てて貰った。だからこそ、自分にできることがあれば、少しでも支えになりたいと思ったのだ。

そう告げた冬貴に、久隆がふっと息をつく。他人にはつまらない話だっただろう。苦笑しながら、すまない、と立ち上がる。

「今のことは、忘れてくれ」

「親父《おやじ》さんは知らないのか？」

不意に問われ、どうだろうと墓を見つめた。

「知っているかもしれない……いや、現実問題、知っている可能性の方が高い。自分の子供かどうか、本人が一番よくわかっているだろう」

だが、それなら。どうしてここまで冬貴を実子のように育ててくれたのか。

「知りたいなら、聞いてみればいい。案外、真実なんざ単純なものだ。子供がいても結婚して欲しいと思うほど、親父さんがあんたの母親に惚《ほ》れてたってだけじゃないのか？　難しく考えすぎるからややこしくなる」

さばさばとして久隆の答えに、くすりと笑う。

「そうだな……いつか、機会があれば聞いてみよう」

胸の奥にわだかまっていたものがすっきりとした気がして、今度は屈託のない声で笑いを零《こぼ》す。久隆の何気ない言葉で気分を浮上させている自分の単純さがおかしい。振り返れば、小さく笑い続ける冬貴を久隆が怪訝《けげん》そうに見つめていた。

「どうした。考え込みすぎて、ついに頭がやられたか」

「誰がだ！　全く、たまに人が真面目に感謝しようと思えば……」

「なんだ、感謝してくれるなら幾らでも受りつけるぜ？　ほら」

そう言いながら、両手を広げているのは何なのか。じとりと睨みつけながら、馬鹿馬鹿しいとばかりに久隆に背中を向けた。墓に供えた団子の容器を持ってきた袋の中に入れ、帰ったら久隆をお茶に誘ってみるかと考え、内心で苦笑した。

いつの間にか、随分と久隆に対して心を許していることを自覚する。相手は仕事で自分の傍《そば》にいるのだとわかっているが、不思議と、これまで出会った誰よりも気兼ねなく話しているのだ。

不思議な男だ。そう思い、なぜだろうかと思った瞬間、久隆にされた口づけを思い出し動揺してしまう。一気に血が上った頰をごまかすように、花を直す振りをする。

落ち着け、落ち着け。心の中で念じながら、ゆっくりと背後の久隆にばれないように深呼吸する。

「さて、じゃあそろそろ行くか?」

「あ、ああ……」

しどろもどろに答えながら、近くにあったゴミを手に取ろうとする。だが一寸早く横から手が伸び、久隆が手桶や柄杓と一緒にひとまとめにして取り上げた。

「あ、それは私が」

「いいから、あんたはお供え物を持ってこい」

そう言って、先に行け、という久隆に促され墓地を後にする。一度、ちらりと振り返った先——兄が眠る墓にもう一度心の中で挨拶し、冬貴は後ろにある存在を心強く思いながら前を向いた。

他に、行きたいところがあれば言え。そんな久隆の言葉に甘え、冬貴は騒動が終わったら行ってみようと思っていた場所に足を運んだ。本場の中国茶の茶葉を扱っている店で、以前、海外事業部にいる頃に取引先の担当者から薦められたところだった。

仕事で扱うかは置いておいて、美味《おい》しいものや珍しいものなどがあれば、率先して実物を見るように心がけている。いつどこでそれらが、チャンスになるかがわからないからだ。

そこで店主から色々と話を聞き、美味しい入れ方などを教わり、幾つかの茶葉を買って帰った。愛想はないが次々に興味が湧き聞いていたのが功を奏したのか、滅多に入らないという茶葉を出してきてくれて、飲ませてくれた。

馥郁《ふくいく》とした香りのお茶は、これまでに飲んだことがないほど美味しかった。柔らかな味は一切の渋みがなく、甘いと感じるほどだった。さほど味にうるさい方ではないし、基本的には食べられればなんでもいいという傾向はあるが、あれは自信を持って美味しいと言える。

それからも幾つかの店を回り、久隆に付き合って貰って外で夕食を済ませ、ホテルに戻ってきたのは七時を過ぎる頃だった。

部屋の確認を済ませ、一度隣の部屋に戻るという久隆をお茶に誘ったのは、お供え物の団子があるからという言い訳の材料があったからだ。

「ええと……まずお湯を入れて……温めて……」

買ってきた茶葉の中から『白牡丹《はくぼたん》』という白茶を選び、茶器を準備する。茶杯を沸騰させておいたお湯で温めつつ、急須に茶葉を入れて少し温度の下がってきたお湯を注ぐ。そのまま少しだけ置いて注げば、柔らかな新緑を思わせるお茶が杯を満たした。

「……──」

だが、入れてみたお茶を味見してみると、どうも店で飲んだものと風味が違う。眉を顰め、もう一度店でメモした手順を確認しようとベッドルームへと戻った。クローゼットを開き、今日着ていたスーツの内ポケットからいつも持ち歩いている手帳を取り出す。

「……ん?」

ふと、クローゼットを閉じようとして、違和感を覚える。一瞬、物の位置が変わっているような気がしたのだ。

配置は、朝見た時と同じだ。鞄の中を開いてみるが特になくなっていそうなものはない。念のためもう一度金庫を確認したが、中身は全く動かされた気配もなかった。

(考えすぎだな)

朝も同じようなことを思ったが、少し神経質になりすぎかと肩から力を抜いた。実家に空き巣が入ったことや、あのばらまかれていた写真のことで、余計に疑心暗鬼になっているのだろう。

「っと、電話か」

スラックスのポケットに入れたスマートフォンが震え始める。今日は出かけるから休めと言い置いていた和久井が、心配してかけてくれたのだろうか。そんなことを思いながら、相手を確かめることもなく電話を受けた。

「はい」

『篠塚冬貴君、だね』

「……どなたですか」

聞き覚えのない声に、眉を顰める。

『久隆義嗣《よしつぐ》には、気をつけた方がいい』

「何を……」

挨拶も何もなく英語で告げられた警告に、冬貴は警戒を露《あらわ》にする。念のため英語で返しながら、注意深く声を聞く。

『あいつは、君の実兄の手先だ。君が持つ『指輪』を狙っている』

「……──実の、兄？」

『一度、交換条件を持ちかけられただろう。あれは久隆の差し金だ。その証拠に、昔死んだ篠塚篤紀の形見をあいつは持っている。嘘《うそ》だと思うなら、探してみるといい』

「待ってください！　あなたは誰なんですか」

『私は、君の味方だ。ああ……ついでに教えておこう。十三年前の事件、あれにも久隆が関わっている。あいつが、篠塚篤紀を殺した。だからこそ、形見を持っているんだよ』

「……っ！」

電話の向こうから聞こえてくる、宥めるような声に瞠目《どうもく》する。久隆が、兄を。そして実兄の手先……。だが、スマートフォンを持つ手に力を込めると、どうにか言葉を継いだ。

「あなたは、誰ですか。名前も名乗らない相手の言うことを真に受けるほど、私も愚かではありません」

『……ふふ。いい答えだ。だが、本当のことだよ。久隆は、君の実兄の懐刀《ふところがたな》だ。『指輪』さえ見つかれば、君は用なしと見なされ殺される。そうなる前に、あいつを遠ざけた方がいい』

「……兄の、形見とは、なんですか」

その言葉に、電話の向こうの相手は、満足げな声を出す。いい子だ。そう言いたげなそれに悪寒を感じながら、冬貴は聞こえてくる声に耳を傾けた。

スマートフォンを持つ手に、じっとりと汗が浮かぶ。不規則に刻む鼓動に息苦しささえ感じていると、電話ではなく、ベッドルームの向こうから声が聞こえてくる。

「冬貴？」

同時に、ぶつりと通話が途切れ、無機質な音が響き始めた。スマートフォンを隠すようにポケットに突っ込むと、ゆっくりと息を吐く。

明らかに不審な電話だった。本当か嘘かもわからない。とにかく、今は保留だ。

そう言い聞かせながら、もう片方の手に持っていた手帳を握りしめる。小刻みに震える手に力を込め、落ち着け、と心の中で繰り返した。

「ああ、ここにいたのか。どうした？」

ベッドルームのドアの向こうから、久隆が顔を出す。

「いや……お茶を入れたんだが、どうにも店と同じ味にならなくて」

今日習ったことをメモした手帳を取りに来た、と言えば、久隆が「そりゃそうだろう」と苦笑した。

「ああいうのは、入れるのにコツがいる。一回習っただけですぐに同じように入れられるはずがない」

そういうものか。話しながら、どうにか鼓動が落ち着いてきたことにほっとする。ベッドルームを出ると、冬貴が一度入れたお茶を飲んだ久隆が、納得したように頷いた。

「お湯が熱すぎるな」

言いながら、冬貴がやったのと同じような手順で手際よくお茶を入れていく。やけに手慣れたそれをじっと見つめていると、どうした、と再び声がかけられた。

「いやに手慣れてるなと思って……」

「そうか？　ああ、昔バイト先で散々仕込まれたからな。そのせいだろう」

ほら、と差し出された茶杯を受け取り口に運んだ。

「……美味しい」

まさに、店で飲んだのと同じ味だ。驚いて目を見張れば、得意げな久隆の顔が視界に入った。

「どうだ、見直しただろう」

自分でそれを言ったら台無しだろう。そう思いながら苦笑した冬貴に、久隆が眉を跳ね上げた。

「なんだ、何かあったか？」

「いや……」

そう言いながら小さな茶杯に入ったお茶を飲み干すと、流しの上に置いた盆に戻そうとした。だが、その手を摑まれ茶杯が手から攫《さら》われていく。

「久隆……っ！」

ぐいと腕を引かれ、気がつけば久隆の腕に抱きしめられていた。咄嗟に身体を離そうとするがかなわず、顎を取られ上向かされる。

「ん……っ」

唇が重ねられ、舌が割り込んでくる。ゆっくりと味わうように口づけられ、冬貴は抵抗できないまま久隆の唇を受け入れていた。

（どうして、こんな……）

先ほどの電話が、耳に蘇る。久隆の目的が『指輪』だったとして、ならば、これも自分からそれを奪う手段なのだろうか。

（もし、久隆が本当に兄の関係者だというのなら……）

そう思ったところで、ゆっくりと唇が離れていく。

「……っふ」

慌てて息を継ぎ、顔を隠すように下を向く。表情が歪みそうになるのを堪《こら》えながら、頭上から落ちてきた溜息に微かに肩を震わせた。

「心ここにあらず、だな。いつものお前なら、すぐに怒るだろう。どうした？」

「別に。それに、怒ってないわけじゃない」

ぼそりと言ったそれに、答えは返ってこない。小さく息をつき、悪いが、と口を開いた。

「今日は、もう休む。久々に出かけて疲れたんだ」

じっと見つめてくる久隆の視線が痛い。一刻も早くこの場から逃れたくて、自分が誘ったことを棚上げしたままそう告げた。

重苦しい沈黙が部屋の中に流れ、やがて、久隆のわかったという静かな声が耳に届く。

「何かあったら、すぐに言え。いいな？」

「ああ……わかっている」

じゃあ、ゆっくり休め。そう言いながらさらりと髪を撫でられ、冬貴は質問を投げつけそうになる自分をどうにか抑え込んだ。

もし、電話の相手が言ったことが真実だとして。冬貴がどうするかを決めるのは、本当のことを見極めてからだ。

そう自分に言い聞かせ「おやすみ」と力なく呟くと、久隆に背中を向けベッドルームへと歩いていった。

◇◇◇

結論として、冬貴はスマートフォンにかかってきた怪しげな電話を放置することにした。信じたわけでも、信じないわけでもない。

どちらにしても、最終的には冬貴が『指輪』を知らないと言っている限り、状況は変わらないだろうと判断したからだ。電話の相手は何かを要求してきたわけではない。ただ、久隆に気をつけろと言っただけだ。

久隆に対して正面から疑問をぶつけたとして、それが真実でもそうでなくても、はぐらかされるだけだろう。容易にそれが想像でき、ならばもう少し様子を見ようと思ったのだ。

（兄さんの形見が何かを問けなかったのは、惜しかったが……）

と言っても、教えられたからといって、それが本当のことかもわからないのだが。

翌日の朝、仕事に行くためスーツに着替えながら、クローゼットについた鏡を見る。昨夜はあまり眠れず、多少クマができている。何か聞かれたら、寝付けずに仕事をしていたことにしようと思いつつ、ベッドルームを出た。

「待たせた」

「いや……」

一瞬、冬貴の頬に手をかけてきた久隆が、眉を顰める。だが、温かな指がそのまま離れていくと、行くか、と身を翻した。

あっさりと離れていったことで、自分がキスされるかもしれないと思っていたことに気づき、複雑な気持ちになる。嫌がっているどころか、まるで期待していたようではないか。そう思うと、余計に久隆の　挙手一投足が気になり、落ち着かなかった。

「冬貴？」

ついてこない冬貴を、久隆が不思議そうに振り返る。

「今行く」

言いながら、部屋の入口のドアを開いて待つ久隆の元に、溜息《ためいき》と共に向かう。

そのまま久隆の跡を追うようにエレベーターに向かっていると、不意に久隆が足を止めた。

唐突なそれに続いて冬貴も足を止めれば、少し待っていてくれと言いながらジャケットの内側からスマートフォンを取り出す。背後にもう一人いた警備会社の男に一言告げると、冬貴達から距離を取るように少し離れた場所に向かう。電話を取る姿を視線で追っていた冬貴は、先ほどまで久隆がいた場所に何かが落ちているのに気がついた。

「ネックレス？」

呟きながら拾い上げれば、それは銀鎖のネックレスだった。ペンダントトップの代わりにプラチナのリングがかけられたそれは、ごくシンプルなものだ。恐らく、先ほどスマートフォンを取り出す際に久隆が落としたのだろう。

よく見れば鎖の留め金部分が壊れている。久隆がこういうものを無造作にポケットに入れておくタイプにも見えず、普段は身につけていたものが、つけられなくなったのかもしれないと見当をつけた。

曇りもなく傷もあまり入っておらず、大切にされていることが窺《うかが》える。久隆がつけるにはどこかイメージに合わないそれをもう一度見遣《みや》り、ふと冬貴は首を傾けた。

（どこかで、見たことがある……？）

だが、どこで見たかは思い出せない。プラチナのリングに細いラインで模様の入ったそれは、どこにでもありそうなデザインではある。多分、誰かが同じような物を持っていたのだろうと思い、鎖が絡まらぬように掌にそっと置いた。

「何⁉」

唐突に上がった声に、びくりと肩が震える。見れば、スマートフォンを持った久隆が険しい顔つきで宙を睨んでいた。その見たことのない鋭さに、思わずネックレスを握りしめる。

「それで、状況は――ああ。わかった、頼む」

電話を切ると同時に舌打ちをする久隆に、何があったのかも聞けずに立ち尽くす。その顔色がわずかに青いような気がして、冬貴はそっと眉を顰めた。

「……悪い、待たせたな」

「いや。大丈夫なのか？」

気遣うように尋ねれば、ああとそっけない返事が返ってくる。それに、なぜか拒絶されたような気配を感じて口を閉ざした。

「あ」

不意に自分がネックレスを握ったままだということに気づき、久隆へと差し出す。

「お前のか？　さっき、落としたようだったが」

掌のそれを見せれば、軽く目を見開いた久隆が、ああと頷いた。ありがとうと言いながら冬貴の手からそっとそれを取り上げる。決して乱雑ではない手つきに、やはりという思いが過《よぎ》った。

「大切な物なのか？」

ぽつりと問いかけたそれに、久隆は冬貴の方を向かないまま、ああと呟いた。

「大事な預かり物だ。悪かったな……行くぞ」

淡々とそう告げ、エレベーターへと足を向けた久隆の背を追う。自分の預かり知らぬところで、色々なことが動き始めている。そんな嫌な予感を覚えながら、冬貴は止めていた足を踏み出した。


久隆が動揺していた電話の内容がわかったのは、その日の夜のことだった。

仕事から帰り、久隆が隣の部屋へ戻っていったタイミングで、会社から連絡が入った。明日の出張先が変わったと言われ、早めに伝えておこうと思ったのだ。

だが、入口の扉を開けると、部屋の外に人気がなく首を傾《かし》げた。いつもは絶対に誰かがいるため、久隆を呼んで貰おうと思っていたのだ。

「交代の合間か……？」

もしかしたら、気がついていなかっただけで、見張りのいない時間があったのかもしれない。そう思いながら部屋を出て、隣室の扉を叩《たた》こうとした。だが、その時。

「どうしてですか！」

「どうしても何も、今の俺達の仕事は対象の護衛だ」

（え？）

どこからか微かな声がし、目を見張る。見れば、誰も使っていないはずの斜向《はすむ》かいの部屋の扉が薄く開いていた。一瞬躊躇い、だが、姿を隠すように向かい側の扉近くの壁に背中をつけて立つ。盗み聞きなど普段なら絶対にしないが、聞こえてきた声が久隆のものだったため、また何かがあったのかもしれないと思ったのだ。相手は、恐らく李《リ》だろう。やや高い声は、ある意味特徴的だった。

「だからって、あの方が撃たれたんですよ⁉　無事かどうかもわからないのに……こんなところで、のんびりしている場合じゃないでしょう。心配じゃないんですか！」

「そんなわけがないだろう」

だが、聞こえてきた言葉の不穏さに、思わず身が竦む。これは、自分が聞いていい話ではないかもしれない。そう思ったが、咄嗟に足が動かなかった。

「だが、大丈夫だ。そう簡単にやられるようなやつじゃないからな。俺達は、俺達の仕事をしていればいい」

「そんな……！　あの方は、あなたにとって大切な人でしょう⁉　それなのに、そんな冷たいことがよく言えますね」

李の言葉に、ずきりと胸が痛む。

（――大切な、人？）

ふと、今朝の久隆の様子を思い出す。もしかしたら、あの時かかってきた電話が今の話だったのかもしれない。

今日一日、久隆はどことなく何かに気をとられているようだった。もちろんボディーガードとしての仕事に抜かりはなかった。だが、会話も少なく、冬貴をからかうようなことも言わなかった。

もし、今朝の時点で大切な人が危ない目に遭ったことを聞いたのだとしたら……。

「あなたは、あの方と篠塚冬貴と、どちらが大切なんですか」

問いただすような、李の声。自分と久隆の大切な人とが比較されているのだとわかり、ぎくりとする。

聞きたいような、聞きたくないような。そんな複雑な気持ちの中で、やめておいた方がいいという自分自身の声が聞こえた気がした。

「……仕事相手と、比べるようなものじゃない」

「――っ」

その言葉に、ぐさりと何かが胸に突き刺さったような気がした。久隆が自分の傍にいるのが仕事だからということは、当然わかっている。だが日を追うごとに態度が柔らかくなり、さりげない優しさを見せる久隆に、距離が近くなった気がしていたのも事実だ。

（何を勘違いしていたんだ、私は……）

全ては、警護対象に対する優しさ。警護対象に合わせて、態度を変えてくれていただけ。

それを理解しつつも、自分が労《いたわ》られているような気になっていた。

それ以上は聞いていられず扉から離れると、幾分押し殺した李の声が届いた。

「じゃあ、忘れていないですよね。俺達がここへ来た本来の目的を」

「李」

(え?)

本来の、目的。その言葉に小さく目を見開く。

「あなたが一向に探し出そうとしないから、忘れているのかと思いました。俺達の仕事は、あいつを護ることじゃなく、指輪を……」

「李!」

そこまで聞いた冬貴は、遮った久隆の声に我に返ると、弾《はじ》かれたように扉の前を離れた。

足音を立てないように部屋に戻り、そっと扉を閉じる。そのままベッドルームへ駆け込み、ベッドルームの扉も閉めた。

(指輪……)

また、指輪だ。

一体、自分の知らないところで何が起こっているのか。誰も彼もが、冬貴が持つ『指輪』を狙っている。

ふと、クローゼットを見遣り、以前、荷物が動かされていたような違和感を覚えたことを思い出す。そして、先ほどの李の言葉。護ること以外に仕事があるというのなら。

（もしかして……いや、だが）

確証のないそれを頭から振り払い、乱れた鼓動を落ち着かせようと息を吐く。

聞いたばかりの李の言葉が、頭を離れずぐるぐると回る。

もう少しすれば、久隆はこちらへ戻ってくるだろう。けれど、今は顔を合わせたくはなかった。予定が変わったことを言い損ねたが、明日会社に行った後に電話しようと決めた。

「私は……」

一体、どうしたいのか。自分自身の気持ちを持て余しながらベッドに倒れ込むと、衝撃で眼鏡が外れた。レンズが割れないように畳むと、不意に、眼鏡を取り上げられた時の久隆の指の温かさを思い出した。

強引に、けれど決して乱暴ではない仕草で頬に添えられた手。最初は怖いと思ったそれも、いつの間にか素直に受け入れられるようになっていた。

久隆の存在が、安心できるものになっていたのだ。

身内の前以外では絶対に外せなかった眼鏡を……晒せなかった素顔を晒すことができた。それは、恐らく自分自身が久隆に対し心を許していたからだろう。

改めて考えれば、単純なことだ。この胸の痛みも。そして、悲しみも。

「はは……なんだ」

気づいたそれを自嘲《じちょう》するように、零れた笑い。気づいても仕方のないことに気づいてしまった。そう思えば、胸が騒ぐよりむしろ塞いでしまう。

久隆に、惹《ひ》かれていたのだと。

人として……男として。自分の恋愛感情が、男に対しても有効なのだということは知らなかったが。

それでも、久隆に大切な人がいて、自分はただの『仕事相手』でしかないことに傷ついてしまうほどには、惹かれていた。

自分が、久隆にとって大切な存在になりたかったと、思うほどには。

「馬鹿だな」

じわりと涙が滲《にじ》みそうになった目元を、ベッドの上に仰向《あおむ》けに寝転がりながら腕で覆う。

ぎゅっと押しつけた腕の下で、情けない自分自身を叱咤《しった》するように目を強く閉じた。

そして、戻ってきた久隆が扉の前で「寝たのか？」とかけてきた声にも答えず、冬貴はまんじりともせずに朝を迎えたのだ。

これを、あなたのお兄さんに渡してちょうだい。

そう言って渡されたのは、掌に乗るほどの小箱だった。病院の無機質なまでに真っ白い部屋の中で、青いベルベットの小箱は不思議なほど鮮やかに見えた。

『兄さんに？』

そう答えた冬貴に、ベッドに横たわった母親は静かに首を横に振った。

『篤紀君じゃないわ。あなたの、血の繋がった……本当の、お兄さんに』

そう言われ、中学生の冬貴は大きく目を見開いた。

『兄さんが、もう一人いるの？』

『そう。光稜《グァンロン》というの。黒髪の……きっと、とても綺麗に育っているわ』

あなたは私に似たけれど、あの子は父親にとてもよく似ていたから。そう言って、母親は懐かしげに目を細めた。そして、もしあなたがその人に会えたら、それを渡して欲しい。そう言った母親は、さらに念を押した。

『光稜以外の人に渡してしまうかどうかは、あなたに任せるわ、冬貴。多分、あなたがもう少し大きくなったら、それを選ぶことができるようになる』

でも絶対に、力で屈服させられて渡すようなことだけはしないでね。

そして母親は、それまでそれは、誰にもわからない場所に隠しておきなさい、と告げた。

十五歳の頃、一人だけずっと遠くに離れて暮らしていた母親が、亡くなる前のことだ。母親が病に倒れたと病院から連絡が入り、父親に連れられて会いに行った。その時に、母親から渡されたのだ。

ベルベットの小箱。渡されたそれの中身を、冬貴は見ていない。

渡す相手が決まっているのなら、自分は見てはいけない。そんな気がしたからだ。

だが、その小箱の形状や大きさから、何となく中身の予想はついていた。ある程度大きくなれば、似たような小箱を目にする機会があったからだ。

恐らく、あれの中身が『指輪』なのだろう。

実の兄がいる。しかも、血の繋がった。

母親の辛《つら》そうな表情、そして『実の兄』という言葉で、冬貴は篠塚の家と血の繋がりがないのだということを悟った。結局、母親はそれ以上詳しいことを話さないまま息を引き取った。知らせるべきか、知らせないべきか、本人も迷っていたのだろう。だがあの小箱だけは、どうしても遺《のこ》さねばならなかった。

光稜という名前。もしかすると、母親の出自は日本ではなかったのかもしれない。もしくは、本当の父親が日本人ではなかったかのどちらかだ。

篠塚の父——雅之なら、何らかの事情は知っているのかもしれない。だが、それは父を裏切るようで聞くことができなかった。これまで冬貴を護り育ててくれたのは篠塚の父や兄だった。冬貴自身は、その事実さえあれば十分だったのだ。

けれど、と溜息をつく。

（父に、聞いてみる必要があるのかもしれない）

母親が遺した指輪は、冬貴が思っている以上に厄介なものなのだろう。そして、自分の目できちんと真実を見極め——決めることが、冬貴に託された役目でもある。

どうしようかと迷いながら、その日、会社へ行き一人になった冬貴がまずやったことは、実家に電話を入れることだった。使用予定のない会議室で電話をかけると、幸い目的の相手はすぐに捕まった。

「父さん」

『冬貴。こんな時間にどうした』

意外そうな声に、すみません、と目を伏せる。そして、聞きたいことがあります、と続けた。本来なら、こんなふうに電話で聞くことではない。冬貴自身、父親と向かい合って話をしたかった。だが、久隆達に聞かれない場所で話をしたかったのだ。

「……母さんのことを、教えてください」

『……——』

しん、と落ちた沈黙の後、やがて仕方がないといった溜息が聞こえてくる。

『冬香《ふゆか》の、何が聞きたいんだ？』

優しい声に、ぐっと声を詰まらせる。父は、知っている。今の一声で、そう確信した。冬貴が自分の子供でないこと。それを知っていて結婚したのだ。

「母さんの、素性を。それに、どうして……父さんは、俺がいると知っていて母さんと結婚したんですか？」

その問いに、そうだね、とどこか遠い声が聞こえてきた。

『冬香……本名は、劉香伶《リュウシャンリン》という。彼女とは、仕事で香港《ホンコン》に行った時に知り合った。昔から日本に興味があったと言い、誰かに教わっていたらしくて日本語も堪能だった。その頃、彼女はまだ十代だったがね』

出張先の香港で、生まれて間もない篤紀と前妻に土産を買おうとしていたが、ナイフを持った男達に囲まれ金目の物を盗まれそうになっていたのだという。

『彼女には護衛がついていてね。暴漢達を追い払ってくれた。その礼に、お茶をしながら日本のことを教えて欲しいと言われたんだ』

その後、一回り年下だった母に聞かれるまま、日本のことを話したのだという。ただ、いつか日本に行ってみたいと目を輝かせる少女と、その後再び関わることになるとは思わなかったそうだ。

再び出会ったのは、その後の香港出張の時だったという。取引先の会社の受付に、なぜか見知った少女の姿があった。聞けば、知り合いが働いており、お使いを頼まれたのだと笑っていた。

それをきっかけに連絡先を交換し、香港に行った時に時間が合えば、お茶や食事をする程度の仲になった。奇妙な成り行きではあったが、その頃の母との関係は、あくまでも年の離れた友人だったという。父にしてみれば、妹のような感覚だったそうだ。

『私が結婚していることも教えていたし、何度目かに会った時に、婚約者だという男性を紹介してくれた。もうすぐ結婚するのだと嬉しそうに笑っていたな』

それから間もなく異動があり、他の人間に仕事を引き継いだため、香港に行くことがなくなった。連絡先を交換してはいたが、香港に行く際しか連絡はとらなかったため、それ以降母と会うことはなかったらしい。

『だが、それから四年くらい経ったある日、彼女から連絡が入った』

助けて欲しい、と。切羽詰まった声で助けを求められ、また、日本にいることを知り驚いたのだという。

連絡を受けた場所に向かうと、母はたった一人で項垂《うなだ》れたまま座っていた。ひどく憔悴《しょうすい》し、けれど大事そうにお腹を庇《かば》う姿に、妊娠していると気がついたのだ。

『詳しいことは、私も聞かされていない。ただ、夫だった人が殺され、香港ではお前を生むことができないため、逃げてきた、と』

「生むことができない……？」

思わず呟いたそれに、ああ、と父が溜息をつく。

『何らかの危険があったんじゃないかと思う。だが、お前だけはちゃんと生んでやりたいから、力を貸して欲しいと私に頭を下げたんだ』

「母さんが……？」

自分を生んだことを、罪だと言った母が。そんなことを思いながら茫然と呟いた冬貴に、電話の向こうで父が頷く気配がした。

『どうしても、生みたいと。自分のことはどうでもいいから、この子を助けてやって欲しいと、苦しそうにそう何度も繰り返していた』

自分は、生まれてくることを望まれていた——？　突然知らされた事実に混乱しながら、だが、続いた父の話に耳を傾けた。

その後、父は母を匿《かくま》うため、ある提案をしたのだという。それが母との結婚だった。香港には戻れない。冬貴を生んだら、またどこかへ移動する。そう告げた母に、ならば日本に残れるようにすればいいと言ったのだ。

だが、母はそれには頑として頷かなかった。

『私に迷惑をかけるから、と。助けを求めた相手を危険に晒すようなことはできないと言っていた』

けれど、実際問題、母親が日本に滞在できる期間は短い。法的な繋がりができれば、日本に残ることもできる。不法滞在の手助けはできない。そう言って説得を重ねた父に、母は、それ以上の手立てがないと思ったのだろう。最終的に、父の提案に頷いた。

冬香、というのは、結婚時に決めた名前なのだという。

『意思の強い人だったよ。篠塚の家に入らないというのは、その時に交わした約束だ。ただ女性一人で、しかも暮らしたことのない国で子供を育てるのは無茶だと、冬貴は私の手元に残して貰ったんだ』

それに、と父が続ける。

『お前には何も知らないまま幸せに育って欲しいと、そう言って、私に預けてくれたんだ』

その声に、胸に熱いものがこみ上げる。ずっと心の底に引っかかっていた棘《とげ》が、その一言で溶けたような気がした。

『彼女は、お前の本当の父親をとても愛していた。私達は、友人のような……兄妹のような関係だったが、それでも冬香を家族だと思っているし、お前のことは私の子供だと思っているる』

「父さん……」

他に聞きたいことはあるか、と優しく問われ、無言のまま首を横に振る。母親の指輪は、香港の実家に関わるものなのだろう。それがわかっただけで十分だ。

そしてもう一つ、昨夜、ベッドの中でずっと考えていたことを口にした。

久隆を、警護から外して貰うよう頼んでも構わないだろうか、と。

『自分で判断して決めなさい』

しばらくの沈黙の後、任せよう、と言った父にありがとうございますと返し、そっと息をついた。

電話を切り、今度は別の番号へかける。和久井を会議室に呼び出し、久隆を警護から外すよう警備会社に連絡する旨《むね》を伝えた。

「……冬貴様」

心配そうなその表情に、大丈夫だと小さく笑ってみせた。

「別に、警護は久隆じゃなくても大丈夫だろう。警備会社に、空いている人間がいないか聞けばいい話だ。警護をやめて貰うわけじゃない」

先ほどの電話で、父親には正直に、久隆の大切な人間が危険な状態にあるらしいことを告げた。心配しているが、自分の警護があるため駆けつけることができないようだ。本人に休暇を取って行くように勧めても、仕事だからと言って行くことをしないだろう、と。

たとえ自分が久隆にとってただの仕事相手だったのだとしても、冬貴にとって久隆は大切だと思える存在になっている。そんな冬貴にできることといえば、久隆を『ここ』に縛り付けている理由をなくすことだけだった。

最悪、もし代わりの人間が見つからなかった場合は、警備会社との契約自体を解約してもいい。

実家の空き巣以降目立った動きもなく、先日冬貴の電話にかかってきた忠告の電話も、あれ以降はかかってきていない。ただ一つ確かなのは、いつまでも閉じこもって護られていたとて解決はしないということだった。

冬貴が護られていることで犯人が動かないのなら、逆に、おびき出すこともまた可能だろう。警察にも被害届は出しているし、できるだけ使いたくはないが、父親に頼めば動いて貰うこともできるだろう。

相手が来ることがわかっていれば、それなりの対応を取ることもできるはずだ。

(護ると、言ってくれた。仕事上のことでも、それで十分だ)

だがもう一つ、気になっていることを結局冬貴は聞けないままでいる。

俺達の仕事はあいつを護ることじゃない、と言った李の言葉。昨夜は混乱していたため途中から忘れてしまっていたが、久隆達は何のために冬貴の元にいるのか。

(指輪を、手に入れるため？)

そう考え、先日かかってきた電話を思い出した。久隆が実兄と繋がっている。そして実兄が冬貴を邪魔な存在だと考えていたら……。

久隆が冬貴に投げかけてきた問い。冬貴自身の存在を否定するあれは、実兄が冬貴に対して思っていることだったのだろうか。

そこまで考え、だが、と心の中で呟く。それならば、ボディーガードを始めてすぐに何らかの動きがあってもおかしくない。ここまで引き延ばす意味がないだろう。

あの妙な電話の相手は、冬貴が連れ去られそうになった出来事も、久隆の差し金だと言っていた。だがあの時、久隆は犯人と思《おぼ》しき人間に銃で撃たれているのだ。冬貴の信用を得るためという理由付けができなくはないが、それならば発砲して脅す程度で十分だろう。

もしくは、やはりあの時の犯人達と久隆は無関係で、だが久隆達も冬貴が持つという指輪を探しているのだろうか。そのために、警備会社の人間として近づいてきた。

だが、警備会社は元々父親が懇意にしている会社だ。そこに所属する、ということは、身元が保証されているということだった。

「わからないな……」

椅子《いす》を引き会議机の前に座ると、両肘《りょうひじ》を机につき、溜息をつきながら掌に顔を埋《うず》める。

すると、隣に立った和久井が「大丈夫ですか？」と気遣わしげな声をかけてきた。

「調子が悪いなら、無理はしないでください」

「ああ、大丈夫だ。……それより、和久井。お前、朝から様子が変だが、何か話でもあるんじゃないか？」

朝、出勤するためにホテルを訪れた時から、時折物言いたげな表情でこちらを見ていたのには気づいていた。

久隆のこともあり、父親と話すまでは自分のことで手一杯で聞いてやる余裕もなかったが、いつもと違う様子が気にはなっていたのだ。当面どうするかが決まってしまえば、後は実行に移すだけだ。恐らく久隆は怒るだろうが、その時はその時だと、腹は括《くく》った。

そして冬貴の言葉は図星だったのだろう、和久井の動きがぴたりと止まる。幾分気まずげに視線を落とした後、何かを決意したように顔を上げた。

「冬貴様……聞いていただけますか」

「ん？」

「今回の、騒動のことです。それから、あの久隆という男の」

「どういうことだ？」

話の内容に思わず眉を顰めれば、和久井は躊躇うようなそぶりを見せた後、ぽつりと話し始めた。

「先日、私宛に何者からか電話が入ったんです。名前は名乗りませんでした。ですが、あの久隆という男は、冬貴様の所有する『指輪』を狙っているのだと。そして……」

一旦そこで言葉を切った和久井は、ぎゅっと奥歯を嚙《か》みしめながら押し殺した声で呟いた。

「十三年前の冬貴様の事件……あれを起こした人間の関係者だと」

「……っ」

がたり、と立ち上がった拍子に椅子が倒れる。それを気にする間もなく、冬貴は和久井の両腕を摑んだ。

「その電話は、どんなものだった」

まさか、自分にかかってきていたものが、和久井にもかけられていたのか。そう思いながら問えば、和久井は一言一言、思い出すように続けた。

聞いてみれば、内容は冬貴が聞いたものとほぼ同様だった。男の声だったというし、恐らく同一人物だろう。

「あの男に指輪を渡せば、大切なものが二つ失われるだろう……相手は、そう言っていました」

「大切なもの？」

二つ……それは兄の形見と……冬貴自身、だろうか。

冬貴様、という声に顔を上げると、和久井が困惑した表情でこちらを見ていた。

「冬貴様は、その指輪をご存じなのですか？」

その言葉に、いや、と冬貴は首を横に振る。嘘はつきたくないが、これぱかりは仕方がない。冬貴の答えに「そうですか」と落胆した声を落とし、和久井は深く息を吐いた。

「電話の相手の言うことを、全て信じているわけではありません」

そう言いながら、和久井は、自分の掌を見つめた。そこに何かがあるような、ほんのわずか遠い視線。

「ですが、全てを否定することもできない理由が、私にはあります」

何かを思い詰めたような声に、もしかしたら、とあることに思い至る。

（和久井は、兄さんの形見が何かを知っているのかもしれない）

生前の兄と一番親しかったのは、和久井だ。兄が亡くなった時、人がいる場所では決して泣かなかった和久井が、兄の遺影の前で号泣している姿を見たこともあった。

逡巡し、だが、心を決めて和久井を見上げた。

「兄さんの形見……お前は、それが何か知っているか？」

「……っ！　冬貴様、どうしてそれを」

驚愕で目を丸くした和久井に、ずっと隠していたことを話す。

「この間、指輪と交換に、それを渡すと言われたんだ。教えてくれ。兄さんの形見っていうのは、一体何だ？」

真っ直ぐに和久井を見つめると、一瞬、泣きそうに顔を歪めた和久井がすぐに唇を噛みしめた。そっと息を吐き、口を開く。

「指輪、です」

「指輪？」

奇妙なほどよく聞く単語に、眉を顰める。

「はい。篤紀さんが大事にしていたプラチナの指輪です。亡くなった時、それを持っていたはずなんですが……どこにもなかった」

だから、ずっと探していたのだと。そう言った和久井に、半ば上の空で「そうか」と告げた。

プラチナの指輪。自分は、つい先日それを見ている。

銀鎖に繋がれたあれは、そうだ、幼い頃兄が見せてくれたものとよく似ていた……。

ならば、やはり久隆が今回の一件を仕組んだのか。混乱する頭で一番濃厚になっていた可能性に唇を嚙む。信じたくはない。だが、証拠が揃《そろ》い始めている。

「どうか、久隆さんには気をつけてください。それに、形見も大事ですが……それ以上に、冬貴様の方が大事です。くれぐれも無茶はなさらないでください」

心配そうな表情を向けてきた和久井にはっとし、大丈夫だと苦笑する。

「どのみち、久隆は担当から外して貰うように警備会社に頼むつもりだ。代わりがいないと言われれば、契約自体を終わらせればいい」

「冬貴様……」

「疑わなければならない人間が傍にいるよりは、誰もいない方がましだろう」

そう言った冬貴の声は笑みを浮かべながらも力なく、静かな部屋の中にぽつりと落ちた。

◇◇◇

部屋の中に、重い沈黙が落ちる。

ホテルに戻った冬貴がまずしたことは、警備会社に連絡を入れることだった。社長に取り次いで貰い、久隆を担当から外して欲しいと告げたところ、それをするだけの理由を求められた。だが冬貴は、個人的な感情の問題だと告げ、無理なら警護自体を解約したいと申し入れた。

その後、ひとまず検討するから待って欲しいと言われ連絡を待っていたところに、久隆が部屋を訪れたのだ。

「どういうことだ」

怪訝な表情を隠そうともしない久隆を真っ直ぐに見据え、冬貴はもう一度繰り返した。

「久隆に、担当を外れて欲しい。代わりがいなければ、契約は今日限りで打ち切りにさせて貰う」

「どういうことだ」

説明しろ、と訴える視線に冬貴は小さく首を横に振った。

「父には、私から話を通した。私の判断に任せてくれるそうだ。違約金なら……」

「そうじゃない。何があった」

端的に告げられた言葉。それに小さく手を震わせ、だが冬貴は何もないと告げた。

「このまま隠れるように身を潜めていても解決しない、そう思っただけだ。私の我侭《わがまま》だ」

すっと視線を逸らしながらそう告げれば、正面に座った久隆が立ち上がる。冬貴の正面に立ち、顎に指がかけられた。無理矢理久隆の方を向かされ、真っ正面から覗き込まれる。

その表情には怒りを孕《はら》んでおり、すぐに冬貴の方が目を逸らしてしまった。

「あえて危険に身を晒すというのか」

「来ることがわかっていれば、警察だっている。対応は可能だろう？」

「警護は不要だと？」

「そういうことだ」

再び久隆に視線を戻しきっぱり告げた冬貴に、すっと目を細めた。何かを探るような鋭いそれに息を呑んだ冬貴は、目を逸らし離してくれと身を捩る。

「……やっぱり、お前、聞いていたな？　昨夜」

「……――っ」

その言葉に、思わず久隆の方を見る。知って、と声にはならないまま動いた口に、久隆が大きく溜息をついた。

「話の途中で、人の気配がしたからな。あいつを止めるにも、どうにも興奮していて止められなかったんだ」

それなら、と告げようとした言葉は、だが冬貴を見据えたままの久隆の瞳に遮られた。

「どこまで何を聞いたかは知らないが、あいつの言ったことは、半分は真実で、半分は真実じゃない」

「な、にを……だが、撃たれたって……お前の」

大切な人が、とは口に出せないままそう告げれば、久隆はそれには痛ましげな表情を浮かべ目を伏せた。

「それは、事実だ」

「だったら……！」

「だが、それとこれとは話が別だ。あいつのことは、問題ない。気にならないと言えば嘘になるが、だからといってお前のことを放り出して行くほどのことじゃない」

「嘘だ、だって」

「今の俺にとって一番大切なのは、お前を護ることだ」

きっぱりと告げられたそれに、一瞬呼吸を忘れそうになる。吸い込んだ息を吐き出すことができないまま、冬貴は久隆を凝視《ぎょうし》した。

「だって、お前……」

本当の目的は『指輪』じゃないのか。

昨夜の李と、今日の和久井の話。それらを照らし合わせれば、おのずと答えは見えてくる。幾ら冬貴がおめでたくとも、自分がそこまで久隆に想われているとは思えない。それよりも、指輪を探すためにここにいると思った方がよほど説得力があった。

（そんな嘘を、言わないでくれ）

泣きそうになりながら、唇を噛みしめ俯いた冬貴の髪に温かい感触が触れる。それが、久隆の唇だと認識した途端、ぽろりと弱々しい声が唇から零れ落ちた。

「嘘だ……」

「嘘じゃない」

「だって、お前には……お前がここにいるのは……」

自分のためなどではないはずだ。喘ぐような声は、音にならないまま虚空に消えていく。

「一番大切なのは、お前だよ……冬貴」

「……っ！」

嘘つき、と罵りたかった。だが正面にある優しい瞳に、言葉を奪われてしまう。

嘘でもいいと思ってしまうのは、愚かだろうか。そんなことを考えながら、頬に当ててられた久隆の手に自分の手を重ねた。

「お前は、嘘つきだ」

「頼むから、お前を護らせてくれ」

まるで、何かに祈るような声。それにかぶりを振りながら、駄目だ、と呟いた。

「……私は、お前の探している物を渡すことができないんだ」

「っ⁉」

弾かれたように冬貴の顔を見つめてきた久隆に、やはりと弱く笑った。

「私は、お前に『指輪』を渡せない」

「お前……そこまで」

久隆が求めているであろう『指輪』。冬貴は、それを知らないと言い張ることしかできない。

「探しに来たんだろう？　『指輪』を。でも、私は持っていない。だからお前がここにいる意味はないいんだよ、久隆」

ゆっくりと、噛んで含めるようにそう告げる。あれは、すでに渡す人間が決まっているものなのだ。だからたとえ相手が久隆であっても、渡すわけにはいかない。

『いつか。あなたに会うことがあれば、そうしたら……』

母親の柔らかい声が蘇る。母親からあの人へ遺されたたった一つの伝言。他人へ渡せるものじゃない。そしてそれを本人に渡すかどうかは、冬貴に託されている。それを決めるのは冬貴自身だと、そう言われた。

「違う、それは！」

「何が違う！」

慌てたような久隆の声を、厳しい声で遮る。もうこれ以上嘘はつかないで欲しい、そう思いながら久隆の手を振り払った。

「欲しいものが手に入らなければ、帰れないか？　なら、この部屋でもどこでも幾らでも探せばいい……だから、頼むから」

唇を噛んだ冬貴の頭上で、小さく舌打ちの音がする。そして、もう一度冬貴を上向かせるように両肩を掴まれた。

「冬貴。頼むから、俺を信じろ」

「久隆……」

「今は、駄目だ。この件に関しては、俺の一存では話せないことが多い。何を聞いているかは知らないが、多分お前は勘違いしている。だが明日になったら必ず全て教える。だから今は……俺を信じてくれとしか、言えない」

「全て？」

「ああ。お前のことも、指輪のことも。そして……昔の事件のこともだ」

「——……っ」

久隆から告げられた言葉に息を呑む。

やはり、あの時の事件に久隆達が関わっていたのか。そう思いながらも、目の前でこちらを見据えてくる真剣な眼差《まなざ》しに、気持ちが揺れるのを止められなかった。

もし、久隆があの事件に関係していたら。そして、今回のことも久隆が仕組んだことだったとしたら。

そう思う端から、それでも、と思う自分がいる。

馬鹿だと自分を罵りながら、冬貴はゆっくりと久隆の胸に顔を埋めた。温かい体温と、押し当てた耳に届く少しだけ速い鼓動。それに目を伏せた冬貴は、今この時だけ全てを忘れることを選んだ。

「好きなんだ……」

小さな……小さな呟き。それにぴたりと動きを止めた久隆の顔を見ることができないまま、もう一度そっと差し出すように言葉を綴《つづ》った。

「お前が、好きだ」

ゆっくりと目を伏せて呟いた声が静寂の中にぽつりと落ちた瞬間、引き寄せられ重ねられた唇に、冬貴は心の中の葛藤に蓋《ふた》をして目を閉じた。

「……ん、ぁ……っ」

ゆったりと幾度も角度を変えて与えられる口づけに、冬貴は身体から力を抜いていく。いつの間にか倒された身体は、ソファの柔らかい感触に受け止められていた。

会社から戻ったままの姿だったため、互いにきっちりとスーツを着こんでいる。それが何となくおかしくなって冬貴は小さく笑みを浮かべた。

「何だ?」

「いや、まだ着替えもしていなかったなと思って……」

「必要ないだろう？」

くすりと笑った久隆が、冬貴の腕を引き身体を起こす。どうするのだろうと思いじっと見ていれば、不意に間近から顔を覗き込まれた。すでに慣れたそれに顔を引くこともなくなり、久隆はどこか満足そうな表情でそれを見た。

「ことベッド、汚すならどっちがいい？」

端的に告げられた言葉に、一瞬茫然とし、だが次の瞬間火が出るかと思うほど顔が熱くなるのがわかった。ぎっと久隆を睨みつけると、ソファから猛然とした勢いで立ち上がる。

「ベッドに決まってるだろう！」

自分でも混乱しているとは思いつつも、元来の負けず嫌いの性分が素直に甘えることを許さず、ずんずんとベッドルームへと向かう。足音も荒く扉を開けば、背後で久隆が声を殺して笑っている気配した。

先ほどまでの空気を一蹴してしまい、自己嫌悪に溜息をつきながらベッドの傍に立ち尽くす。雰囲気に呑まれたままであれば、勢いがついたであろうそれも、いざこうして改まると足が竦んでしまう。

元々家のことが第一で、しかも人と関わることが苦手だった。自分から動いたこともなく、ここまで惹かれ深く関わったのは久隆が初めてなのだ。

どうしても、手に入らないとわかっていても。一度だけでいいから、触れ合ってみたかった。

久隆の気持ちがどこにあるのかは、いまだにわからない。少なくとも突き放されなかったのだから、それがどういった種類であれ好意はあるのだろうと解釈して自分を納得させた。

(本当は、好きになって欲しい……)

信じてくれ、と。明日まで待って欲しいと言われた。だから、今は全てを棚上げして待ってみようと思う。

それでたとえ裏切られたとしても、自分で決めたことだ。今日のことを後悔はしない。

「冬貴」

ふと、耳元で低い声が聞こえる。小さな声で囁《ささや》かれ背筋がぞくりと震えた。

決して嫌ではない、その感覚。それに助けられるように振り返った冬貴は、背後に立っていた久隆の身体にそっと身を寄せた。緩く腰に回された手が、ベッドに座るよう冬貴を促す。

「いいのか?」

冬貴をベッドへ座らせその前に立った久隆が、腰《こし》を折りそっと額を合わせてくる。確認するような声に、しばしの逡巡の後、小さく頷いた。

「今は、お前の嘘を信じることにするから」

「……――」

物言いたげな久隆の瞳を掌で隠し、自分から顔を寄せる。

柔らかく重ねた口づけが深いものになったのは、それからすぐのことだった。

肌《はだ》を辿《たど》る掌が、これほど恥ずかしいと思ったことはない。強弱をつけて、上から下へと徐々に下がっていく掌は、冬貴の身体を溶かすように優しく撫でていった。

「っ……」

ただ、なぜかベッドの上に仰向けになり、久隆が上から覆い被《かぶ》さってきた時点で冬貴の身体は完全に硬直してしまった。自分でもどうしてかはわからないが、小刻みに震える身体を止めることができないでいたのだ。

久隆が怖かったわけではない。そして、これから起こるであろう出来事に臆《おく》したわけでもなかった。

ただ、上から人が覆い被さってくるという事実が、どうにも身体を竦ませていたのだ。

「怖いのか？」

頬を撫でられ、違うと首を振った。久隆が怖いわけじゃないと伝えたかったが、上手《うま》く言葉にならないまま、首元に縋《すが》り付く。だが、久隆は慌てることも冬貴を突き放すこともなく、ゆっくりと背中を撫で体勢を入れ替えた。

自分がベッドへ仰向けに寝転がり、冬貴を身体の上に載せる……つまりは、冬貴が久隆の上へ覆い被さるような体勢をとった。

まだ怖いかと聞かれ、ゆっくりと首を振った。確かに体勢さえ入れ替えてしまえば恐怖心は去り、身体の震えも止まった。そして、そのことに驚いている間に手際よく服を脱がされていったのだ。

「ん……っ。久隆、どうして……」

「――なんだ、まだ気になるのか？　気にするなと言っただろう。今はこっちに集中しろ」

先ほどから繰り返されているそれは、どうして冬貴があの体勢を怖がっているとわかったのかというものだった。けれど結局は答えを逸らされたまま、行為を続けられている。

「だって……」

「誰だって、上から来られるのは怖いもんなんだよ。慣れてなきゃ、それが当然だ……そのうち、上だろうが下だろうが気にしなくても済むようにしてやる」

冬貴を自分の身体の上に載せたまま、久隆が耳元で囁く。わざと落とされた声音は、ぞくりと震えるほどに艶《つや》を孕んでおり、冬貴は羞恥《しゅうち》に身を捩った。

背中を辿っていた手が、やがて下の方へと辿り着く。ゆっくりと尻《しり》の柔らかい部分を揉《も》まれながら、下から擦《こす》りつけられるように腰を動かされ、縋るものもないまま久隆の胸へと顔を押しつけた。

「や……、久隆、駄目だ」

「何が」

「こ、腰……腰がっ」

動かすな、と必死に訴えれば、くくっと頭上で笑いが漏《も》らされ指先で髪が軽く引かれる。そろそろと顔を上げれば目線で来いと促され、そっと背筋を伸ばして顔を近づけた。

「んっ」

口づけられ、唇を舌で辿られる。そのまま口腔を明け渡せば、宥めるように舌を撫でられた。

キスに気を取られている間に、いつの間にか身体の間に入ってきていた久隆の掌が、重なり合った二人のものを握り込む。ゆっくりと、腰を揺らしながら擦り上げられ冬貴は喉《のど》を鳴らす。けれど零れ落ちる声は全て久隆の口内へと消え、ベッドルームは衣擦《きぬず》れとベッドが立てる音、そして小さな水音に満たされた。

「あ、んぁ……」

「そう……。そうやって一緒に動かしていろ」

次第に速くなっていく掌の動きに合わせるように、冬貴の腰が揺れ始める。やがて、久隆の胸に縋り付いていた片方の手を身体の間に持っていくと、二人のものを握り込んでいる久隆の手の上にそっと添えた。

拒絶ではない……先を促すように重ねられた冬貴の手に、久隆が満足そうな笑みを浮かべる。そして、徐々に強くなる快感にたまらず逃げていきそうになる冬貴の腰を、背に回った久隆の腕が引き止めた。

「ん、ん……っ。や！　く、久隆……っ‼」

「……っ。もう、少しだ」

ぐっと互いの腰を押しつけ、一際強く擦り上げられた時、たまらず溜《た》まった熱を解放する。堪えるように声を飲み込みながら達した冬貴は、久隆の胸に顔を埋めてびくびくと腰を震わせた。

「……っは、はっ……ん」

互いの身体の間と掌が、吐き出したもので濡れ、冬貴はぎゅっと身を縮こまらせた。いまさら恥ずかしいと言える歳でもなかったが、こんなふうに追い上げられたのは初めてで、自分の身体じゃないような気がしたのだ。

（これは……思っていた以上に、恥ずかしい……）

あまり我慢ができなかったのもそうだが、目を開けば自分と久隆が零したものが視界に入ってきそうで、目を閉じたまま動けなくなる。すると、そんな冬貴の気持ちを察したのか、久隆がぽんぽんと背中を撫でてきた。

「これくらいで恥ずかしがってる場合じゃないぞ。……本番は、これからだ」

耳朶《じだ》に吹き込まれた声に、びくりと身体が震える。それが恐怖などではなく、甘い期待だということに気がついているから、さらに羞恥は増した。

「わ、わかっている……っ！」

「ふうん？」

「……っ」

するりと背中にあった手が、下肢《かし》の奥を探る。指先で後ろを撫でられた瞬間、身体が強張った。濡れた感触がするのは、たった今自分達が吐き出したもののせいだろう。

そこを使うのだと意識した途端、冬貴は全力で逃げ出したいような、逃げ出したくないような不思議な気持ちに襲われた。

「大丈夫だ、これ以上ないくらいに優しくしてやるよ」

「あ……」

くすりと笑われ、久隆が身体を起こす。つられるように冬貴の身体も起こされ、久隆の膝《ひざ》の上に正面から抱き上げられたような格好になってしまう。その体勢の恥ずかしさに、顔を見たくなくて首元に縋り付くようにして抱きつく。だがすぐにその腕が解《ほど》かれ、久隆がちょっと待っていろと言い置いてベッドを降りた。

ベッドルームに一人残され、ふと自分を見下ろせば汚れた身体が視界に入る。いたたまれなくなり上掛けを引き寄せようと手を伸ばしたところで、久隆が戻ってきた。

「何してるんだ？」

「な、何でもない」

引き寄せようとしたそれから手を離し俯く。「恥ずかしいのか？」とからかうような笑みを浮かべた久隆が再びベッドへ上がり、正面に戻ってきた。顔を逸らして座り込む冬貴に、ほら、と腕を広げてみせる。しばしの逡巡の後、その中へ身を寄せた冬貴の身体を、包み込むように抱き寄せてくれる。その優しい所作にほっと息をつけば、不意に腕に力が込められ、そのまま身体を密着させられた。

「あっ」

勢いのまま久隆の首に腕を回して縋り付けば、耳元でそうしてろと囁かれる。言われるままに縋り付いていれば、背筋を辿った手が、再び冬貴の下肢を探り始めた。

「あ、あ……っ」

ひやり、とした感触に思わず身を竦ませる。だがその冷たさに鳥肌が立ったのは一瞬で、すぐに体温で温かくなったそれは濡れた感触だけを冬貴に与えた。

「な、何を」

「備え付けの保湿用のジェルがあったからな。まあ、代用品だがないよりはましだろう」

さらりと言われたそれに、何の、とけさすがに聞かずに済んだ。あやうく口に出しそうになった言葉を飲み込めば、久隆はゆっくりとした動作で冬貴のそこを慣らすように指先で撫で始めた。

息を詰めながら後ろを探る指に神経を集中していれば、久隆が空いた手でくすぐるように冬貴の身体を弄《いじ》り始める。胸元に辿り着いた掌が悪戯《いたずら》を始めると同時に、ゆっくりと後ろに回った指先が身体の奥へと入ってくる。

「あ、あ……」

前と、後ろと。どちらに神経を集中すればいいかわからず、ただ後ろに感じる圧倒的な違和感に腰が浮いた。けれどそうなると今度は胸を久隆の手に押しつけるような形になり、再び腰を落とす羽目になった。

「痛いか?」

労るような声に、首を横に振る。実際に、痛くはない。ただその感触に慣れず、どちらかというと違和感の方が強い。

「なあ、知ってるか?」

「……っ。え?」

両方の手が止められないまま唐突に呟かれたそれに、快感に沈みそうになる意識をどうにか繋ぎ止めて答える。

「な、に……?」

「眼鏡。外したら、いつもより少し見難《みにく》くなるだろう?」

「……んっ」

かり、と肩口に軽く歯を立てられ、その刺激で上がった声とともに頷く。すると、その場所を慰撫《いぶ》するように舌で辿りながら、久隆が低く笑った。

「じっと相手の目を見ようとするのは、癖だろうな。普段は眼鏡に隠れててわからないが、お前、目の色が黒よりも茶に近いだろう？　光が映って濡れてるみたいで……目が、誘ってるんだよな」

「な、な……あっ」

何を、と言おうとした言葉は、いつの間にか身体の奥深くに沈み込んでいた指先に遮られる。身体の中を撫でられるその奇妙な感触に、思わず首に縋った手に力を込めた。

「あんまり力を入れるな。苦しくなるぞ」

「って、言って、も。誰が誘って……っ」

それでも反論を続ける冬貴に小さく笑いながら、ゆったりと背中が撫でられる。繰り返しリズムに合わせて続けられるそれと、ゆっくりと動かされる指に徐々に慣れてきたことで、冬貴の身体から少しずつ力が抜けていった。

「俺が、思わず手を出したくらいだからな」

「あてに、なるか……この、すけべ……っ」

「ははっ。まあ、否定はしないでおこう。だが、さすがに俺もここまで自制心がなくなりそうなのは初めてだ。じゃなけりゃ、警護対象に手なんか出せないしな」

「……え？」

久隆の言葉に目を見開いた冬貴は、どういうことだ、と身体を少しだけ離した。

「今日は、寝られると思うなよ？　慣れたら、気絶するほど気持ちよくしてやる」

「い、いらん……っ」

ここまででもすでにテンパり気味なのだ。これ以上などあってたまるかと、大きく首を横に振る。それを口づけで止められ、久隆は楽しげに口端を上げた。

「さ、て。そろそろいいか……？」

「あ、あ……や、何」

いつの間にか、冬貴の下肢は音がするほどに濡れそぼっていた。あまりにゆっくりとした動作だったため気づかなかったが、シーツに染み込むほどに濡らされたそれを視界に入れた途端、かっと全身が赤く染まった。

「行くぞ……最初だけ、少し力入れろ」

「え……あ、あ！　や……っ」

ずる、と。一旦腰が軽く持ち上げられたかと思うと、後ろに今までになく熱い塊《かたまり》が押し当てられる。その熱さと硬さに身を竦ませれば、宥めるようなキスが唇に落ちてきた。

「ん、んぅ……っ」

痛い。最初に思ったのは、それだった。だがゆっくりと呼吸を合わせるように沈み込んでいく腰が下へと向かうにつれ、奇妙な感覚が冬貴を襲った。自分の身体の中に、自分以外の熱がある。そしてそこから鼓動が伝わってくるような気がするから、余計に奇妙だった。長い時間をかけて挿《い》れられていくそれに、まだ続くのかと思った瞬間、するりと内股《うちもも》を撫でられ膝から力が抜けた。かくん、と膝が折れ、久隆の膝の上に座り込む。

「あ、あぁぁ……っ！」

「よ、し。入ったぞ」

重力で沈んだ身体の奥に、ずるりと熱が一気に埋め込まれる。あまりの衝撃に後ろでそれを締め付けてしまい、久隆が小さく呻《うめ》き声を漏《も》らした。

ふと首に回した腕を緩めて顔を覗き込めば、いつの間にか久隆の額には汗が浮いていた。何かを堪えるように歪められた眉と、汗で額に張り付いた前髪に、身体がふるりと震える。

「……あ、あ……え？」

「……――っく」

久隆のものを受け入れたそこが、中にあるものをしゃぶるように蠢《うごめ》いた。無意識のそれに久隆が小さく舌打ちし、冬貴の腰を抱く。

「っくそ。お前、そこで煽《あお》るか」

「え？　久隆……あ、あぁぁぁ！」

ぐいと両手で摑まれた腰を揺らされ、下から突き上げられる。

すでに膝には力が入らず、久隆の思うように身体を揺らされた。だが、なぜか身体に痛みは感じず、震えるほどの快感だけを拾っていく。身体の奥にある弱い場所を絶えず擦られ続けるような刺激に、冬貴は息を途切れさせながら久隆の身体へと縋り付いた。

「あ、や、いく……いく………っ」

「……大丈夫だ。好きなだけ、いけ」

「あああ……——っ‼」

途切れがちな声で、それでも許されるように囁かれた冬貴は、堪えることを放棄して身体に籠もった熱を吐き出すように放埓《ほうらつ》を迎えた。

◇◇◇

ふと気がついた時には、ベッドの横にある一面の窓から朝日が降り注いできていた。ぼんやりと起き上がりそれを見ていた冬貴は、はっと我に返ると時計を探した。

「遅刻⁉」

この明るさからいって、すでに出社時間に近いだろう。そう思い身体を勢いよく起こしたところで、ぐっと呻き声を上げた。

「——っ」

下肢から背中にかけて走った、奇妙な違和感と痛み。今までに味わったことのない類《たぐい》のそれに唐突に羞恥を覚え、再びベッドへと突っ伏した。同時に、今日が土曜だったことを思い出す。

「休みか……」

ふと、今朝寝ぼけたままの冬貴の耳元で、久隆が何かを囁いていたと思い出す。

『今日は休みだろう？　そのまままゆっくり寝ておけ。戻ってきたら全て話す。いいか、部屋から絶対に動くなよ』

その声に、わかった、とぼんやりとした意識の中で答えたような気がする。ふわふわとした世界にいるようで、気分がよかったのだろう。思い返せば、そのまま覆い被さってきた久隆に自分からキスを強請《ねだ》った記憶が蘇る。甘やかすように髪を撫でられ、気持ちのいいキスをされた。ような、気がする。と、そんなことを思い出した瞬間、まず自分のしたことに蒼《そう》白《はく》になり、直後顔から火が吹きそうになって枕の中に顔を埋めた。

昨夜は、気がつけば冬貴は意識を失っていた。

もちろん、最初に身体を繋げた後は意識もあった。だが冬貴が一人で達した後、さて、と言いながら冬貴の身体から一度自身を抜くと、再び冬貴を自身の膝の上に座らせて追い上げ始めたのだ。

『あ、待て……もう……っ』

慌ててそれを止めようとすれば、久隆の下肢へ視線をやるよう促された。そして、そこにあるものを見つけた途端、冬貴は言葉を失った。

『責任、とってもらわないとな？』

楽しげにそう笑った久隆が見せたのは、いまだ萎《な》えていない……というよりは、達していない久隆自身だった。硬くそそり立ったそれに、こんなものが自分の中に入っていたのかと息を呑んだ。だが再び誘うように、久隆から中に入れて欲しいと請われれば、嫌と言うことはできなかった。

ベッドヘッドと枕に背を預けて横たわった久隆の上に跨《また》がり、それを受け入れる自身の姿を思い出し、冬貴は布団の中で叫び声を押し殺した。

『あ、入る……っ』

『そう……上手いな。そうやって、ゆっくり……』

促され、再び久隆のものを濡れた後ろで受け入れると、その後は思うさま久隆に揺さぶられた。いつの間にか体勢を入れ替えられ久隆が上から覆い被さってきていた頃には、冬貴は完全に快感へと飲まれており、喘ぎ声だけを上げ続けていた。

『冬貴……っ』

『いく……っ、また……――あああっ』

二度目は二人同時に達し、身体の奥を濡らされた。繋がっていた場所から久隆のものが太股を伝い流れ落ちていく感触は、何ともいえず、思い出す度に身体が震える。

そして、それからひたすら身体を表返され裏返され。当初久隆が言った通り、冬貴が上にいようが下にいようがわからなくなる状態まで喘がされ続けたのだ。

「……——」

初心者相手にやることか。溜息をつけば、そこにすら昨夜の熱の名残《なごり》があるようで、気を紛らわすように目を閉じた。このまま寝てしまえと再び上掛けの中に潜り込んだ瞬間、部屋の扉がノックされる音が響いた。

「久隆？」

戻ってきたのか、と身体を起こす。ふと自分の身体を見れば、きちんとパジャマを着ており、いつの間に着たのかと記憶を探る。そして、確か薄らいだ意識の中で、風呂《ふろ》に入れてやるという台詞《せりふ》を聞いたような気がして眉を顰めた。

これ以上思い出せば、久隆と顔を合わせられなくなる。そう思いながら、昨夜の出来事を振り払うように頭を振った。

結局、久隆の交代、または契約解除の話は棚上げされたままなのだ。

昨夜は、本当のことを知る前に、一度だけでも気持ちを伝えておきたかっただけだ。久隆義嗣という男に、冬貴が惹かれている事実。報われても報われなくても、せめて記憶と心にそれを刻みつけておきたかった。

ふと、ノックされた扉が開かないことを怪訝に思いベッドから降りる。久隆であれば、冬貴がいることを知っているためすぐに入ってくるだろう。他に来客の予定もないはずで、冬貴はそろそろとした動作で扉の方へと向かった。きびきびと動きたいところだったが、気を抜けば、腰から下の力が抜けそうになってしまうのだ。

「はい？」

扉の前で声をかければ、向こうから「冬貴様？」という声が聞こえてくる。耳慣れたそれに、なんだと苦笑しながら扉を開いた。

「和久井」

「冬貴様。……まだ、お休みでしたか？」

いつも通りきっちりスーツを着こんだ和久井と、自身のパジャマ姿を見比べ、ああと再び苦笑を深くした。

「すまない。昨夜寝るのが遅くてな……少し寝坊した。何かトラブルでもあったか？　今着替えるから、座って待っていてくれ」

「冬貴様、久隆さんは？」

「久隆？　いや、今朝早くに出かけてしまったが」

ちょっと待っていてくれと言い置き、ベッドルームへと向かう。クローゼットからシンプルな形のシャツとスラックスをとると、手早く着替えてリビングルームへと戻った。

「それで、久隆に用があったのか？　ああ、そうだ。警護の話だが……」

「はい、お話ししたそうですね。今朝久隆さんから連絡をいただきました」

「久隆から？」

驚きながら問い返した冬貴に、和久井が頷く。

「今回のことと、冬貴様のこと……それに、私にも話があるからここへ来るようにと、言われたんです」

「そうだったのか」

ならば、昨日久隆が話していたことは本当だったのだろうか。冬貴は落ち着かない気分になりながら、ちらりと部屋に置かれた時計を見遣った。すでに昼に近い時刻を指していたそれに、出ていってどのくらいの時間が経ったのだろうかと記憶を探る。だが、自身が覚醒した時間すら曖昧で、はっきりとはわからなかった。

再び部屋の扉がノックされ、和久井と顔を見合わせる。今度こそ戻ってきたのだろうかと扉の方を見るが、やはり開く気配はなく首を傾けた。

「冬貴様、私が」

「いや、いい。座っていろ」

ソファから立ち上がろうとした和久井を制し、立ったままでいた冬貴が足を向ける。そして扉を開くと、そこには警護のために残っていたのだろう、李の姿があった。

「何か？」

「久隆から連絡が入りました。お二人とも、移動をお願いします」

不本意そうな表情を浮かべ、形ばかりの敬語でそう告げた李が、わずかに身体を引き、扉を開く。促すようなそれに、だが冬貴は眉を顰めた。

「久隆さんが？　ここで待つようにと言われていますが」

「状況が変わったと。時間がありません、急いでください」

さあ、と促す李に冬貴が躊躇う。今朝、絶対にここから動くなと言い置いて出ていったのだ。久隆の性格から考えて、状況が変わったのなら人づてにせず自身で連絡してくるのではないか。そう思い、後ろから近づいてきた和久井が「どうしましたか？」と声をかけてくるのに振り返った。

「和久井。お前も、久隆さんからここで待つように言われたんだよな？」

「ええ、冬貴様と一緒に。それが？」

「いや。どうも、ここから移動するように連絡があったらしいんだが……」

冬貴の言葉に、和久井もまた不審そうな表情を浮かべた。その反応に、違和感を覚えたのは自分だけではないのだと思い、李へと向き直る。

「申し訳ないけれど、久隆さんに連絡は取れますか」

「俺の言うことじゃ、信じられないって？」

むっとした様子で敬語をやめた李に、そうじゃないがと続ける。とは言っても、この状況では李の言葉を信じられないと言っているも同然だ。むしろ、言い訳をすればさらに機嫌を損ねるだろうと、率直に告げた。

「念のためだ。後で、また嫌味を言われたくはないから」

「……手間のかかる」

「え?」

ちっと舌打ちした音に李を見れば、素早く背後に回された手が冬貴へと差し出された。

「……――っ」

「冬貴様!」

バチッという静電気が起こった時のような音を聞いたのと、全身に衝撃が走ったのは同時だった。

そして、動くな、という李の冷えた声が耳に届いた直後、冬貴の意識はすとんと闇の中へと落ちていった。

◇◇◇

『ああ、この顔だよ。本当に、綺麗に育ったものだ』

暗闇の中で響く、低い男の声。そして、上から覆い被さってきた人影が、何か宝石にでも触るような動きで頬を撫でる。何度も何度も繰り返されるそれは、ただひたすらおぞましいだけのものだった。

『嫌だ……っ』

どこか遠くから聞こえる、自身の叫び。完全に低くなりきっていなっていないそれは、子供特有の高音をもって辺りに響いた。

『同じ兄弟でも、本家のあれよりお前の方が香伶に似ているな』

何度も繰り返される誰かの名に、その名を呼ぶな、と叫び出したくなる。聞き覚えはないけれど、何となく母の名前だということがわかった。口にされる度、何かが穢《けが》されていきそうな気がして嫌悪が滲む。

『だが、あの女よりお前の方がよほど私の好みだ。香伶より繊細な顔をしている。気が強そうなところは似ているが、あの女は可愛《かわい》げがなかったからな。その点、お前は本当に綺麗だ……怯《おび》えた顔も、最高だよ』

ずっと閉じ込めたまま傍に置いて、可愛がってやる。そう言いながら、ただひたすら頬を撫でてくる男。

愛《いと》おしそうに冬貴の顔を撫でている、そのうっとりとした表情に、おぞましさと吐き気を覚えた。全身に鳥肌が立ち、このままでは危険だと本能で悟る。

『助けて……助けて、お兄ちゃん！』

泣きながら叫んでも、答える声はない。当然だ。冬貴の目の前で撃たれた篤紀は、そのまま天に召《め》されたのだ。冬貴を助けてくれる者など、誰もいない。

『ずっと、ずっと可愛がってやろう』

『嫌だ、誰か助けて！　誰か……』

「……久……っ」

叫んだ瞬間、びくりと身体が跳ねた衝撃で意識が浮上した。反射で震えた身体は、どこか柔らかい場所に横たえられていたらしい。目を見開いた視界に入ったのは、広々とした天井だった。

だが、どちらかと言えば装飾過多なそれは見覚えがなく、冬貴は眉を顰めた。

（一体、何が……）

記憶を辿り、自分が李に気絶させられたことを思い出す。恐らく、スタンガンだろう。身体を動かしてみるが、さほど痺《しび》れは残っておらずほっと息をついた。

「和久井！」

そして、一緒に和久井がいたことを思い出し周囲を見回す。そこでようやく、自分がどこか見知らぬホテルのベッドルームで、キングサイズのベッドに寝かされていたことに気づいた。

慌ててベッドの下を見るが靴は見当たらず、躊躇うこともなく裸足《はだし》で降りた。そして入口へ向かおうとした瞬間、ガチャリと扉が開く。

「な……っ」

「おや、もう起きたのかい？　李、ちょっと弱かったんじゃないかな」

「申し訳ありません」

そう言いながら入ってきたのは、長身の男と李だった。喋《しゃべ》っている言葉は英語で、日本人ではないとすぐに悟る。

スーツに身を包んだ壮年の男は、上質のものを着てはいるがどこか下卑た印象が拭えない。口元に浮かんだ薄い笑みと、指に嵌《は》められた豪奢な指輪がそう見せているのかもしれなかった。

男に見覚えはない。だが、近づいてはいけない人間だと、本能が訴えている。

「おや、どうしたのかな。そんなにじっと見て。私を警戒しているのかい？」

まるでペットか何かに言うような言葉で、冬貴にそう告げる。今にも手を伸ばしてきそうな雰囲気に、冬貴はじり、と一歩後退《あとずさ》った。

「ここは……いえ、あなたは？」

「そんなに警戒しなくても大丈夫だよ、篠塚冬貴君。私は、劉徳良《リュウダーリャン》という。君の親戚になるのかな」

「親戚？」

眉を顰めた冬貴に、徳良はそうだよと笑った。その笑みに、背筋に悪寒が走る。この笑みを自分は知っている。ひどく嫌な予感と共にそう確信した。

「母方のね。私は、君の母上の従兄弟《いとこ》に当たるんだ。さて、身体は大丈夫そうだね。少し君に話があるんだ」

そう言いながら近づいてきた徳良が、冬貴を促すように肩を抱こうとする。だがそれから身体を逃すと、距離をとるように後退った。脚にベッドの角が当たりそれ以上下がれなくなったところで、冬貴は正面に立つ二人を睨みつけた。

「和久井はどうしました」

「ああ、彼なら隣の部屋で休んで貰っているよ」

「会わせてください」

そう言うと、劉は小さく肩を竦めた後、李を振り返った。

「連れておいで」

「はい」

端的な命令に、李が目を伏せる。そして一旦部屋を出ていった李が再び戻ってきた時、両手を拘束されぐったりとした和久井が連れてこられた。意識が朦朧《もうろう》としているのか、李が手を離すと力なく床に転がる。

「和久井！」

駆け寄ろうとするが、その道を徳良に塞がれる。どいてくださいと睨みつければ、徳良は楽しげに首を傾げた。

「話がある、と言っただろう？」

「私にはありません」

「おや。今は、私の言うことを聞いておいた方がいい。後ろの彼に、李が何をするかがわからないからね」

「……――っ」

その言葉に、冬貴はぴたりと動きを止める。徳良から視線を逸らし和久井を見れば、意識はあるようだったが焦点が定まっていなかった。その様子はどこかおかしく、冬貴は眉を顰めた。

「和久井に何をした！」

正面に立つ徳良にそう問えば、何も、と楽しげな声が返ってくる。

「ただ、聞きたいことがあったから、少し素直になれる薬を飲んで貰っただけだ。なに、軽いものだからしばらくすれば抜けるだろう」

「貴様……っ」

ぎり、と奥歯を噛みしめた冬貴に、徳良はすっと目を細める。そして唐突に冬貴の腕を摑むと、力任せに引き寄せ指で顎を摑んできた。痛みに思わず顔を歪めれば、眇めた瞳で上から見下ろされる。

「その顔は可愛くないよ。折角の美貌《びぼう》だ。多少の反発は可愛いけれど、もう少し素直にしていて欲しいものだね」

そして、おもむろに顎を摑んでいた手が冬貴の眼鏡にかけられた。

「やめろ！」

叫ぶと同時に、カツンと小さな音がして眼鏡が放り出される。正面から覗き込まれる気配に、咄嗟に顔を伏せようとするが、再び顎を摑まれ上向かされた。護るものを奪われたような喪失感に、身体が無意識のうちに震える。顔から血の気が引いていくのがわかり、けれど取り乱せば相手の思うつぼだということもわかっているため、必死に堪えた。

「ああ、やはり実物はいいね。あの頃から、一層綺麗に育ってくれて嬉しいよ。ずっと手元に置きたかったけれど、叶わなかった。それが、今やっと手に入る」

ゆっくりと辿るように顔の輪郭を撫でられ、ぞっとする。そのどこか恍惚《こうこつ》とした表情と、声。覚えのあるそれに、掠《かす》れた呻き声が漏れた。

「君の部屋に、私のコレクションを置いておいただろう。見てくれたかい？」

その言葉に、以前冬貴の部屋にばらまかれていた写真のことを思い出す。

（あれは、こいつが？）

「ずっと君を見ていたよ。香伶が死んだ時に、ようやく居場所を掴んでね。その時に、もう一人の跡取り……君の存在を知った。初めて君を見た時は、私の理想の顔を見つけたと身体が震えたよ」

「……っ」

「これまで写真で我慢していたが、いつか実物を手に入れたいと思っていた。一度は手に入れかけたから、余計にね。ああ、いいね本当に」

人を雇って、すっと見張らせていたんだ。中には君の写真で欲情し始める輩《やから》もいてね、何度か雇い直しはしたが。中学から高校、そして大学……家の中でも、外でも、ずっと見ていたよ。

そして、いつもその写真を見ながら、いつかこの顔を手に入れることを想像していた。恍惚としたその喋り方にぞっとする。この男は何を言っている。恐怖心が心の奥から這《は》い上がり、かたかたと身体が震えた。

「お、まえは」

「昔、君の父上が亡くなった時から木家の圧力が厳しくなって、ここに来るまでに、随分と時間がかかってしまった。だが指輪を手に入れれば、私が当主だ。現当主も、あの小憎らしい若造も何も言えなくなる」

「……――ぁ」

その言葉に、何かが脳裏でかちりと音を立てた。

忘れた、記憶。忘れようとしていた……記憶。

『ずっと、ずっと可愛がってやろう……』

「あ、うぁ……」

声にならない声が喉から零れる。似ている、と思った瞬間、目の前の男に例えようもない恐怖を感じた。同時に、自分が眼鏡を取ることが怖くなった理由も思い出す。

十三年前、冬貴を攫《さら》った男。今目の前にいる男よりも随分若かったが、それでも同じ人物だということはわかった。そしてあの時、この男は冬貴の顔に固執していた。

そして、意識がなくなるまでずっと、ベッドに繋がれ……冬貴の身体を弄り続けた。

繋がれた手の痛みと、上から覆い被さってくる人影。素顔を覗き込まれ、何かを愛《め》でるように幾度も幾度も頬を撫でられ、身体をまさぐられた時の、あの絶望的な恐怖。

『やめて……もう、嫌だ……』

泣きながら訴えても、その手が止まることはなかった。恐怖から縮こまり何の反応も示さない冬貴に焦《じ》れ、何かの薬を使われたような気がする。思い出せば喉奥から吐き気がこみ上げてきて、回想を無理矢理遮断した。

だから、久隆が覆い被さってきたあの日の夜、冬貴の意識とは別のところで身体が恐怖を覚えたのだ。

（なら、あの時の事件は……こいつが……）

「はな、せ……離せっ！」

暴れ出した冬貴に、徳良は動じた様子もなく冬貴を後ろへ突き飛ばす。あっと思った時には遅く、背後にあったベッドに背中から勢いよく倒れた。ベッドのスプリングに受け止められ、その衝撃に思わず目を閉じる。

「もう少し大人しくするように躾《しつ》け直さないといけないかな。さて、冬貴。君にはこれから私と一緒に香港へ来て貰う。もちろん、ずっと私の傍に置いてあげるから安心するといい。それから、指輪のありかを教えて貰おっか」

生憎《あいにく》、君の側近だというあの男に聞いてみたけど、わからなくてね。薬を使っても知らないようだったから、これは君に聞かないと駄目かと思ったんだ。

冬貴の身体を押さえつけるように両腕をベッドに縫い止め、覆い被さってきながらそう告げる男に、冬貴は拒否するように顔を背けた。身体を起こそうと暴れれば、いつの間にか和久井の身体を紐《ひも》で縛った李が、徳良の反対側から冬貴の両腕を取り、ベッドへと押さえつけてきた。細い軀《からだ》のどこにそんな力があるのかと思うほど李の力は強く、振り解けない。

「どうしてこんな……君は、久隆の部下じゃなかったのか！」

李を睨みつけると、そこには何の感情もない冷たい瞳があった。

「ああ。だが今回、俺は徳良様の指示で動いていた。それだけのことだ。あの人の腕は買っているが、お前みたいなやつに腑抜けにされているんだからな。結局はその程度だったということだ」

「……っ」

突き放した台詞に、本当に李が久隆を裏切っていたのだとようやく理解する。必死に暴れていると、李が徳良に淡々と告げた。

「徳良様、あまり時間がありません。見張りは撒いてきましたが、じきにここも嗅ぎつけられるでしょう。お早く」

「ああ、わかっている」

そのまま持っていろと言いながら、冬貴の脚の上に乗った徳良が上から覗き込んでくる。

「大人しくしないなら、喋って貰うだけだよ。あの側近と同じ方法で。それに、さっきも言ったけれど今君がここで反発するのは利口じゃない。あそこにいる男を、人間として使い物にならなくするのも、私には簡単だ」

その言葉に、冬貴は動きを止め、徳良を睨みつけた。それに満足そうに笑った徳良が、ふと何かを見つけたように目を瞠《みは》った。唐突に冬貴のシャツの襟元《えりもと》に手をかけると、勢いよく横に引く。

「なっ」

びり、と布の裂ける嫌な音と共にボタンが数個弾け飛ぶ。胸元辺りまで露になったそれをさらに開いた徳良は、嫌なものを見たように顔をしかめた。

「どうやら、一歩遅かったようだ。相手は……まさか、あの光稜の腰巾着か？」

（光稜……兄さんの？　なら、久隆は……）

兄と久隆が繋がっていた。ならば、自分の予想は間違っていないのかもしれない。そう思った瞬間、徳良が冬貴の首筋を辿るように指を這わせてきた。その感触が気持ち悪く、ざっと鳥肌が立つ。

「いけない子だ。私以外に身体を許すとは……しかも、こんな所有の証《あかし》を残されて」

幾度も鎖骨の辺りを撫でている動きから、その辺りに昨夜の跡が残されているのだろうと予想をつける。だが、羞恥よりも久隆が残した跡に触られたくなくて、その指から逃れるように身を捩った。その様子が癇《かん》に障《さわ》ったのか、頭上で舌打ちした徳良が冬貴の方へと顔を寄せてくる。

「……っ！」

がり、と鎖骨の辺りを勢いよく噛まれ痛みに声を上げそうになる。続けて濡れた舌で音を立てて舐められ、悪寒に身体が震えた。

久隆に触れられるのとは全く違う、気色悪さ。目の前の男に肌を舐められていると思うだけで、吐きそうだった。

「やめろっ！」

声を上げながら、身体の自由を取り戻そうと暴れる。すると頭上で縫い止められた腕に一層力が込められ、徳良が冬貴の身体を舌で辿りながらシャツを広げた。胸元に歯を立てられ痛みに身を竦ませると、徳良が顔だけをこちらに向ける。

「大人しくしていれば、気持ちよくしてあげるんだが。まあいい、先に指輪のありかを教えて貰おうか。そうしたら、その後でゆっくり可愛がってあげられる。大人しくなって一石二鳥だ」

言いながら、スーツの胸ポケットから何かを取り出す。極小さな薄い色がついたビニール製の袋を破り、中から錠剤を掌に出す。冬貴の顎を掴むと強引に口を開かせ、錠剤を口内に押し込んでくる。抵抗しながら歯を立てようとした瞬間、指は引き抜かれ、代わりに唇が押しつけられた。

「んーっ‼」

錠剤を吐き出すこともできず、飲むのを防ぐため必死で喉の奥に落ちそうになるのを舌で防ぐ。けれどじわじわと溶けてきたそれは、嫌な苦みを舌に広げた。

ぬるりとした感触で唇を舐められる。さすがに噛まれるとわかっているのか、口腔にまでは入ってこないが、嫌悪感に涙が滲んだ。息を継ぐことも許されず、息苦しさとともに口内の錠剤が溜まった唾液《だえき》で徐々に溶け始めてきた。

「んー、んーッ‼」

カチャカチャとベルトを外される音が耳に届き、スラックスの前立てが開かれる。下着の上から冬貴のものを力任せに摑まれ、痛みに身体を強張らせた。揉みしだかれる感触に鳥肌が立ち、身体を逃そうと必死に抵抗する。

（嫌だっ。久隆、久隆……――っ）

心の中で、縋るように幾度も久隆の名を呼ぶ。もう、駄目かもしれない。そう思いながらも、助けに来てくれることを願わずにはいられなかった。

（く、りゅう……）

朦朧としてきた意識の中、必死に押し返そうとしていた腕から力が抜けそうになる。だが次の瞬間、唐突に部屋に激しい物音が響いた。

「なっ……！」

何の前触れもなく解放された唇から、一気に空気が流れ込んでくる。咳《せ》き込みながら、思わず飲み込みそうになった錠剤をベッドの上へと吐き出した。

「げほっ！　ごほ……っ」

「……っの変態野郎！　てめえ、今度こそ殺してやる！」

物騒な怒声と共に、重い音と何かが倒れるような派手な音が響く。いつの間にか李に押さえつけられていた腕も自由を取り戻しており、冬貴は身体を横向け丸まるようにして咳き込んだ。

「義嗣、ストップ。そんな変態馬鹿は、他のに任せておけ」

すぐ近くで涼やかな男の声が聞こえる。誰かと思う間もなく、ほっそりとした指で優しく背を撫でられた。労るようなそれは誰のものだかわからなかったが、それでも徳良に触られていた時のような嫌な感じはしなかった。

「冬貴！」

ようやく咳《せき》が収まってきた頃、久隆の声が耳に届く。その声に引き寄せられるように顔を上げようとすると、ベッドから上半身を掬い上げられるようにして身体が浮き上がった。

「く、りゅう……？」

けほ、と。もう一度軽く咳き込めば、身体に回された腕に力が入る。頰に当たる体温と視界に入った顔に、ベッドの上に座り込んだまま久隆に抱きしめられているのだと気づき、ほっと息をついた。ようやく安心できる場所に来た、そんな気すらして身体の力を抜く。

「馬鹿野郎！　どうしてあそこを動いたっ！」

だが、耳元で響く怒鳴り声に顔を歪める。むっとして顔を上げると、仕方ないだろうと言い返した。

「不可抗力だ！　大体、私達をここに連れてきたのは、お前の部下だぞ……！」

「っぐ」

正面から睨みつけてそう怒鳴り返せば、興奮して思わず怒鳴っただけだったのだろう、久隆が言葉を詰まらせる。一瞬落ちた沈黙の後、頭上で堪えきれないように吹き出す声が聞こえた。

「く……くくっ。あはは、面白い。さすがだ、義嗣が負けてる」

くくくっと、冬貴と久隆の傍に立っていた男が、なかなか笑いを収められないといったようにに掌をこちらに向け顔を背けていた。先ほど背を撫でてくれていたのは、この人だろう。そう思いながら、見たことのない人物に冬貴は疑問を隠せず見上げた。

次の瞬間、はっと気づく。

(まさか、この人……)

義嗣、と。親しげに呼ぶその様子から、この人が久隆の大切な人なのだと推測できた。そう見当をつけて久隆をもう一度見れば、今までにないような渋面を作った久隆が「おい」と男に向かって声を投げた。その態度にも心を許した気配が窺えて、そんな場合ではないとわかっていても、ひそかに気落ちするのを止められなかった。

「笑いすぎだ、光稜。いい加減にしろよ」

「だって、お前のそんな姿が見られるとは思わないじゃないか。やっぱり、賭《か》けは私の勝ちだよ」

笑い過ぎかうっすらと目元に涙すら滲ませている男——光稜は、そう言うと優雅な所作で久隆の腕の中にいる冬貴の方を向いた。

マオカラーのスーツに身を包んだ光稜は、肩につきそうなさらさらの黒髪を後ろで結び、顎にかかるくらいの前髪を頬に垂らしていた。小作りの顔は柔らかく、だが目元にあるほくろが、艶めいた雰囲気を与えていた。

穏やかに冬貴を見つめる瞳は、どこか懐かしさを感じさせる。そして雰囲気そのままに華《きゃ》奢《しゃ》な体軀《たいく》と長身は、優雅なラインで形作られ、男を上品な印象に仕上げていた。

「初めまして、篠塚冬貴君。私は、劉光稜。この役立たずが私を迎えに来ている間に危険な目に遭わせてしまって、申し訳なかった。二人とも、無事でよかった」

その言葉に、混乱から収まった脳裏に和久井の姿が蘇る。慌てて振り返り姿を探せば、大丈夫だと久隆の声が落ちてきた。

「あの秘書なら、隣の部屋で寝かせている。意識もだいぶ戻ってきているようだから、大丈夫だ。すぐに医者に連れていく」

その言葉にほっと息をつくと、もう一度男……光稜を振り返る。そして、ゆっくりと言葉を紡いだ。

この状況でこの場にいる……そして名が同じだとすれば、この人しかいないだろう。多分名前を聞いていなくても、会えばわかったような気がする。

「劉、光稜さん。私のお兄さん……ですね？」

「冬貴、お前」

頭上からの驚いたような声に微笑み、抱き寄せられていた腕を外して久隆の身体から離れる。非常事態とはいえ、自分の大切な人の目の前で他の人間を抱き寄せるような真似《まね》をしてもいいのだろうかと思いながら、光稜へと身体ごと向き直った。

ベッドから降りようと立ち上がりかければ、掌で制され、逆に光稜がベッドへと腰を下ろす。正面から視線を合わされ、こくりと息を呑んだ。

「知っていたのかい？」

「正確には、名前を聞いていただけです。後、とても綺麗な子だと……生前の母から」

「そう」

どこか痛ましげな表情を浮かべた光稜が、そっと冬貴の髪を撫でてくる。優しい指先が労るように撫でてくるその感触に目を閉じ、だが眼鏡がないことに気づきはっとした。

先ほど、徳良に外されたことを思い出したが、それから後は外されたことを気にする間もなかったのだ。まだ正面から見られることがいたたまれなくはあるが、どうにか顔を背けずにいられた。

「今回は完全に君を、香港の騒動に巻き込んでしまった。それに、私が君に会いたいと言って無理矢理日本に来たから、義嗣を君から離すことになってしまった。申し訳なかった。あいつのことは、二度と君に手を出せないようにこちらできちんと処理しておくから。もう、心配する必要はないよ」

優しげな風貌で、『処理』という恐ろしげな言葉をさらりと告げた光稜に、冬貴が固まる。

どうやら今回の事件は、劉一族の後継者問題に絡むものだったらしい。

少し前に、現当主が、失われた『指輪』を探し出せれば光稜に当主の座を譲ると告げたのだという。徳良がその場に居合わせたわけではなかったため、恐らくどこかで盗み聞きしていたのだろうと溜息を落とした。『指輪』を手に入れた者が、一族の当主の座を手に入れる。そんなふうに誤解したまま。

だが実際には『指輪』の捜索は光稜に与えられた試験のようなもので、手に入れた者が後継者になるというようなものではなかったのだという。

「祖父が、どうしても娘の形見をもう一度見たいとごねてね。まあ、昔、母が出ていく時に約束していたらしいけれど」

やれやれ、と溜息をついた光稜からは、切迫感など毛ほども感じられない。いつまで経っても仕方のない人だと溜息をつく様子は、別段それがなくても困らないと語っていた。

母が香港を出た理由。それは、劉家の内情にあったらしい。直系の唯一の子供が、女性。代々男性が継いできた劉家当主の座は、その婿《むこ》である、光稜や冬貴の父親に託された。

だがその後、光稜達の父親が不審な死を遂げた。その際、母――香伶は、すでに冬貴を身籠もっており、身の危険を感じ香港から逃れたのだという。

劉家の直系は、直感の鋭さが人並み以上にあるという。母は、自身の夫の死に、何者かの思惑が絡んでいることを確信していた。また、冬貴をこのまま香港で生み劉家の子として育てることは、光稜と冬貴の二人ともを不幸にしてしまうと祖父に告げていたらしい。

相手が誰にせよ、香伶が生んだ子供は直系の子孫となり当主候補となる。そのため、直系が女児だけだった場合、直系子孫を増やすための道具として使われることが多かったのだという。それを知っていた香伶は、光稜や冬貴の父親が死んだ時点で、家を出ることを決めたのだという。

「祖父も、黙認したそうだよ。母のことは可愛がっていたし、一応直系子孫を生むという義務は果たしていたからね。一族のためにさらに子供を生む道具のように使われるのを見るよりは自分の意思で道を選んで欲しかったのだろう。指輪を母に渡して、いつか私を会いに行かせると約束したそうだ」

穏やかな表情でそう語る光稜は、けれど、と溜息をついた。

母のそれを、一族への裏切り行為だと糾弾した人物がいた。それが、徳良だったのだという。徳良は、幼い頃、香伶に憧れていたらしい。そして香伶より四つほど下だった徳良は、年齢的に、香伶の夫亡き後、次の夫――劉一族の当主となるはずだった。

だが、夫を亡くして間もなくの香伶の出奔に、徳良は怒り狂った。一族の直系としての義務を放棄した裏切り行為だ。そう言って、日本で香伶の行方《ゆくえ》を捜していたのだという。

見つけた時には香伶はすでに亡く、残された冬貴がいたのだ。そして、冬貴に執着するようになっていた、と。ただ、十三年前の事件の際、次に何かあれば一族を追放すると言い渡されており、表立って冬貴に手出しすることができなくなっていたのだという。

「李は、元々私の警護として久隆の下で働いていたんだが……これは、さっきわかったことだが、李は幼い頃、徳良が表向きにやっている慈善事業で妹と一緒に拾われ、援助を受けていたらしい。二度養子に出されていたから、身元調査で関係が掴めなかったんだが、今回改めてわかってね。徳良に言われて、恩を返すために動いていたそうだ」

当主の発言で、徳良が指輪と冬貴とを手に入れようとする動きを見せ始めた。だが、光稜が直接動けば騒動を拡大しかねず、ひとまず冬貴の護衛のために久隆を日本へ行かせたのだと告げた。篠塚家が常時使っている警備会社を調べ、社長に事情を話し、社員として冬貴の警護に当たれるように手配したのだという。

ほどなく冬貴の周囲で徳良の部下が動きを見せ始め——最初の空き巣もやはり徳良の手によるものだったらしい——警備会社の社長を通して雅之にコンタクトを取った。また、徳良も久隆達の動きを察知しており、久隆の下で働いていた李を利用することを思いついたらしい。

李は、久隆が『指輪』を手に入れたら徳良に報告する、いわばスパイの役目を負わされていたらしい。

全く、と肩を落とした光稜が再び悪かったねと詫びてくる。それにもういいのだと首を振った冬貴は、兄の顔をじっと見た。

懐かしいと思うのも道理だ。タイプは違うが、光稜にも母の面影はしっかりと残っている。特に目が、似ているのだ。

「あなたも、指輪を探しに？」

「いや、それはもういいよ」

元々、それを貰うために来たのではないのだと光稜はかぶりを振る。この機会に、一度だけでも冬貴に会っておきたかったのだと、光稜は寂しげな笑みでそう言った。

「……恨んではいないのですか？」

それが、母のことなのか自分のことなのか。聞いている自分でも判然としないままにそう問えば、そうだねとぽつりと呟きが落ちてくる。

「一度も恨まなかったと言えば嘘になるよ。でも、母と……そして君の話を聞いた時から、それはいつか会いたいという気持ちに変わった」

「私の？」

いつ、誰から聞いたのかもわからないそれに光稜はにこりと笑むと、そっと冬貴の身体に腕を回してきた。優しく引き寄せられ、光稜の胸に顔を埋めれば、優しく髪を撫でられる。

「亡くなった君の兄上の代わりにはなれないだろう。でも、血を分けた兄弟がいることだけは覚えておいて欲しい」

そう告げた光稜に、冬貴はそっと微笑んだ。優しい温《ぬく》もりから身体を離すと光稜の顔を真っ直ぐに見つめ、笑ってみせた。

「どちらも、代わりにはなれません。兄さんもあなたも、私の兄であることは事実ですから」

「冬貴？」

「私は『指輪』は知りません。ですが母からあなたへと預かっているものが……あります」

「え？」

茫然とした表情の光稜に、冬貴はくすりと笑いを漏らし、驚いたような久隆と光稜の顔を順に見た。

「それが何かは、兄さん自身の目で確かめてください」

恐らく、予想は間違っていないだろう。そう思いながら冬貴は悪戯が成功した子供のような笑みを浮かべてみせた。

◇◇◇

滞在していたホテルの部屋へ戻りソファへ腰を下ろした冬貴は、久隆の言葉に小さく笑った。

「参った」

隣に並ぶように腰を下ろした久隆は、やれやれと言いながら溜息をつく。

「まさか、母親の墓に金庫の鍵とはね」

「昔、父に相談したんだ。母から誰にも見せないように預かったものがあると。でも、家の中では人の目に触れる場所が多かったから。なら、あまり人が見ないだろう場所の方がいいということになって」

篠塚の墓とは別に用意された、母親が眠っている墓に目立たぬように作られた仕掛け。小さな空間が作られたそこには金庫が埋め込まれており、そこに貸金庫の鍵を隠していた。

「私は中身を見ていなかったから、家の中の目につかない場所でもいいんじゃないかと言っていたんだが。万が一、兄さんに渡す前に何かあったら困るだろうと父に言われて」

実際、預けておいてよかった。つくづく冬貴は父親の言葉に感謝する。

冬貴が母親から預けられていたのは、やはり劉家に伝わる指輪だった。いわゆる『琅玕《ろうかん》』……インペリアルジェイドと呼ばれる翡翠《ひすい》でできたそれは、随分と高価なものだったらしい。それを見た和久井が頭を抱え、時価の相場を告げたが、冬貴は聞かなければよかったと溜息をついた。

『いつか冬貴のところにあなたのお兄さんが来たら。そして渡しても大丈夫だと思ったら、これを渡してちょうだい』

遺された、母の言葉。死ぬ間際に、自分にもう一人の兄がいることを告げた母は、ずっと兄……光稜に詫びていた。そして指輪とともに遺されていた言葉を、ようやく冬貴は光稜に渡すことができた。

「生まれてきてくれて、ありがとう……か」

兄に伝えた言葉を、久隆が繰り返す。

『ごめんなさい。そして、生まれてきてくれてありがとう』

それが、母が兄に遺した言葉だった。それを聞いた光稜は、嬉しげに笑い、そしてどこかふっきれたような表情でありがとうと呟いた。

「そういえば、やっぱり久隆が持っていたあれが、兄さんの形見だったんだな」

ふと思い出したそれに、小さく微笑む。

以前かかってきた、怪しげな電話。最初に冬貴にかかってきた女の声のものと和久井にかかってきたそれは、徳良が部下にかけさせたものだった。久隆が篤紀の形見を持っていることを徳良が知り、その存在を指輪の取引材料として利用しようと思いついたらしい。

形見のことは、久隆達が徳良の動きを知るためにわざと情報を流したそうだ。それを使って冬貴を連れ去ろうとしたが、失敗したため、久隆が実物を持っていることを逆手に取り、冬貴が久隆を疑い傍から離すように仕向けた。

「ああ。昔俺の父親代わりだった人が、捕まったお前を助けに行った時に、撃たれた直後の篤紀さんを見つけたらしくてな。すでに虫の息だったところに行き合わせて、あの指輪を渡されたらしい」

――『ユタカ』に、渡してくれ。

そう言い残されたそれは、兄が和久井に遺したものだった。

和久井は、冬貴が生まれる前から篠塚の家に出入りしており、兄ととても仲がよかった。和久井もまた生まれて間もなく母を亡くしており、辛い時に、兄によくして貰ったのだという。昔、そのリングをお守りだと言って兄から貰っていたらしい。

久隆からリングを渡され静かに涙を零した和久井は、それが兄の実母の形見だったのだと語った。肌身離さず大事にしていたそれは、一度兄から和久井へと譲られた。だが、ちょうど事件が起きたあの日、近く大切な試験があるという兄に、和久井がお守り代わりに持っていて欲しいと預けていたのだという。

和久井は、篤紀が亡くなって以降、ずっと探していたらしい。だが見つからず、結局は諦めていたのだと。だが冬貴が公園に呼び出され、久隆が撃たれたあの日、偶然怪我の手当のために洋服を脱いだ久隆が、篤紀の形見の指輪を鎖に繋いで首にかけているところを見たらしい。

だからこそ徳良の怪しげな電話の内容が、信憑性《しんぴょうせい》があるものに聞こえてしまったのだと。

「昔、事件のどさくさで渡せなかったのをずっと気にしていてな。送るにも、下手《へた》にお前達に接触するようなことをすれば、徳良が動きかねなかった。だから、今回俺が預かってきたんだ。こちらで調べて恐らく『ユタカ』というのがあの秘書のことだろうとは思っていた。

だから時期を見てお前へ光稜のことを話したら、その時に一緒に渡そうと思っていたんだ」

あの日、和久井から久隆への疑惑を聞かされた冬貴が、久隆を傍から離そうとした。

中途半端に事実を知ったのなら、むしろ全てを話してしまった方がいいと判断したため、あの日、日本に着いた光稜を迎えに行ったのだと言った。

だが光稜が動いたことが、結果的に徳良を慌てさせる結果になってしまったらしい。

「日本に来る直前に、光稜が徳良の部下から銃撃を受けてな。いつもついている護衛が運悪く怪我をしたから、今回は代わりに俺が迎えに行くことになった」

そしてそっと冬貴の腕を取ると、自分の胸の中に抱き込んだ。ホテルの部屋からお前達が動いたことがわかった時は肝《きも》が冷えたと呟きが落ちる。

久隆は、いつの間にか冬貴の靴の踵に発信器を仕込んでいたらしく、それでホテルを連れ出されたことがわかったのだという。だが、連れ去られた先のホテルに着いて部屋を特定するまでに手間取り、時間がかかってしまったと詫びた。

「以前言っていた、久隆の大切な人は……兄さんのことだったのか？」

その言葉に、久隆がああと頷く。

「あいつがいなかったら、今の俺はいなかった。俺の親代わりの人は、劉家の護衛として雇われていた人でな。捨てられていた俺を見つけたのも、放っておこうとしたのを拾うように言ったのも、あいつなんだ」

「そうか。兄弟みたいに育ったって言ったのも？」

「ああ」

ならば、本当に大切な人なのだろう。胸に宿る寂しさが表情に出てしまいそうで、頬に当たる温かさに縋るふりで目を閉じた。

「恋人、なのか？」

肯定を予想して、自分自身へのけじめのためにそう告げれば、だが頭上から「は？」と奇妙な声が聞こえる。眉を寄せて顔を上げれば、声と同じく奇妙な表情をした久隆の顔が映った。

「どうした？　変な顔になっているが」

「うるさい、ちょっと待て。誰と誰が恋人だ？」

「え？　久隆と……兄さんが」

「待て、待て待て待て！」

いまさら何を、と首を傾ければ、頭を抱えた久隆が片手を冬貴の方へ向けてくる。頭が痛いとぶつぶつと言っていた久隆は、ようやく混乱が収まったのか顔を上げた。

「あー、気色悪い。お前、あいつとは兄弟みたいなもんだって言っただろうが」

本当に嫌そうな表情でそう告げた久隆に、冬貴は自分が予想していたものと違う方向へ話が進み始めていることに気がついて、眉を顰めた。

「大切な人だって言っていただろう」

それは、恋人じゃないのか。そう告げれば、大切なのは恋人だけじゃないだろうという至極尤《もっと》もな答えが返ってきた。

「お前だって、家族は大事にしてるだろうが。それと同じだ。何が違う」

「……――」

いまさら何をと言わんばかりのそれに、今度は冬貴が混乱をきたす。

(兄さんは、恋人じゃない?)

「じゃあ……え?」

昨夜、久隆が冬貴に対し言ったことは、もしかすると全て本当のことだったのだろうか。

すると、静かに混乱している冬貴に、久隆が苦笑してみせた。

「会う前は、ただの甘やかされた坊ちゃんだと思ってた。それは否定しない」

どんな事情があれ、香伶が光稜を捨てた事実に変わりはない。そして冬貴はそんな母親が生んだ弟だ。

両親ともに揃い、温かい家庭で育てられたであろう人間に、劉家という、ある種の化物のような人間ばかりがいる家で味わった光稜の孤独は、絶対にわからないだろうと思っていた。

「あいつの祖父も、子供をわかりやすく可愛がるタイプではなくてな。まあ、跡取りとして厳しく育てる目的もあったんだろうが。生まれた時から一族当主としての役目を背負わされて、それでも自分しかいないのなら仕方がないと笑っていたあいつを見ていたから……正直、お前に会っても好きにはなれないだろうと思っていた」

「久隆」

だから、日本に行って冬貴を護るように光稜から言われた時、反発したのだという。

久隆は、本当に光稜のことを大切にしているのだろう。彼を孤独に追い込んだ母と、全く逆の環境で育てられた冬貴を認めることは、光稜を裏切ることのように思ったに違いない。

「だから、あいつと賭けた。会ってみてやっぱり気に入らなければ、俺の勝ち。……気に入れば、あいつの勝ちだと」

「人を勝手に賭けの対象にするな」

むっとしてそう告げれば、はは、と久隆が楽しげに笑う。

「悪いな。そして、俺は賭けに負けた」

「え？」

「今まで、俺が護りたいと思った人間はあいつだけだった。だが今は……お前を一番に護ってやりたいよ」

言いながら、そっと頬に口づけが落とされる。

（じゃあ、もしかして……――）

好きだと言っても、許されるのだろうか。信じられないような気持ちで久隆を縋るように見れば、甘やかすような微笑みと共に抱き寄せられた。

その心地よさにほっと息をつけば、不意に顔を上向かされた。

「冬貴、お前は俺に何をして欲しい？」

「え？」

真っ直ぐに見つめられながら言われた言葉に、冬貴は目を見開く。

「母親のことも、兄貴が死んだことも……それに、光稜のことも。何一つお前が悪いことはない。だから、お前は我が侭を言ったっていいんだ。本当は、寂しかったんだろう？」

その言葉に驚愕《きょうがく》し、ゆるゆると目を見開く。どうして、と音にはならないまま唇だけが動いた。

「譲れないものは、諦めるな。家のことも……父親にお前の気持ちを言ってみろ。幾ら母親との約束があったって、決めるのは今生きているお前達だろう」

「……――っ」

ぐっと、胸の奥からせり上がってくる何かを飲み込む。奥歯を噛みしめ唇を引き結んで、泣き出してしまいそうになる衝撃を堪えていると、優しく額を合わされた。

「手始めに、俺に何をして欲しいか言ってみな」

優しく促すように髪を梳《す》かれ、その心地よさに堪えようとしているものがどんどん緩んでいく気がした。

絶対に、我が侭など言ってはいけないのだと。兄が死んでしまった時、心に誓った。決して冬貴を責めない父親に、申し訳ないという気持ちは今でもある。けれど……。

「……こ、に」

「ん？」

ずっと、寂しさは胸の中に巣くっていた。何もかも諦めてしまうことが、自分に唯一できることなのだと言い聞かせながら、それでも一つだけ欲しいものはあった。

全てが終わった今、もうすぐ離さなければならなくなるであろう、この手。

「ここに、いてくれ……っ」

絞り出した声は、すぐに久隆の口内へと飲み込まれる。宥めるように与えられた口づけは、今までのどんなものより気持ちよく、そして冬貴に安らぎを与えた。

「ああ、わかった」

そして、ずっと欲しかった言葉が優しいキスと共に与えられたのだ。

◇◇◇

「大体な。お前、昨夜の時点で俺の言うことやっぱり信じてなかったな」

「だ、って……んっ」

荒い息の下で口づけを繰り返しながら言われる言葉に、冬貴は切れ切れになりながら言葉を繋いだ。

「あの、時は。お前が指輪……んっ、のために来たって……」

「違うって言っただろうが……っくそ」

「痛っ！」

舌打ちの音とともに鎖骨に噛みつかれ、冬貴は思わず声を上げる。強く噛まれたわけではないそれは、言うほど痛みがあったわけではない。だが元々傷ついていたせいで、軽い痛みが走った。

先ほどソファで始められた行為は、この傷のせいで場所を移すことになった。冬貴のシャツを剝《は》いだ久隆がこれを見つけた瞬間、渋面を作り黙って風呂場へと連れ込んだのだ。

そして、上から下まで入念に洗われた後、浴槽の中へと押し込まれたというわけだった。

「あの野郎、さっさと始末しときゃよかった」

低い呟きに本気の怒りを感じ取り、冬貴は自分の胸元に寄せられた久隆の頭を抱える。他にどこを触られたと問われ、そこだけだと答えれば、入念に傷を辿るように舐められた。

「ん……や、もういいから……」

傷になっている部分は、血こそ滲んではいなかったが内出血でひどく赤くなっている。数日もたてば青黒くなるであろうそれを、久隆は上から再び跡をつけるように噛んだ。

「……っ！　だから、痛っ！」

「うるさい」

むっとした声がまるで子供のようでおかしくなり、思わず笑みを零す。それを見た久隆が、ほっとしたように冬貴を膝の上に載せたまま抱きしめた。

「無事でよかった、本当に……」

「久隆……」

「あいつが昔の事件の時からお前のことを異様に気にしていたのは、知っていたからな。今回あいつが直接手を出せないように気をつけてはいたんだが……まさか、李を抱き込んでるとは思わなかった。悪かった」

「もういい。私も和久井も、無事だった」

それに、あんな男のことは思い出したくもない。そう告げれば、苦笑した久隆がそうだなと呟いた。そしてぬるい湯を張った湯船の中で、冬貴の身体を後ろから抱えるように返して座らせた。

先ほどから腰に当たる熱が気になっていた冬貴は、後ろから抱き寄せられもぞりと腰を動かす。

「二度と誰にも、この身体には触れさせないからな」

そう言いながら胸元を探ってくる久隆に、冬貴は声を殺しながら頷く。わずかな声でも響くこの場所で声を上げることは躊躇われ、そしてまた圧倒的な安堵感に上げたそれが情けないものになりそうだったからだ。

「そ、いえば……」

快感に攫われそうになりながら、気になっていたことが口をつく。

「なんだ?」

「ど、して久隆は……日本、名だろう?」

もしかすると、警備会社に潜り込むための偽名ではないのだろうか。話を聞いた時から気になっていたそれに、久隆はそんなことかと笑った。

「そんなの簡単だ。親代わりの人が日本人だった。それだけだ」

「そ、か……」

もし日本にいる間の偽名だったのなら、本当の名前を教えて欲しい。そう言うつもりでいた冬貴は、よかったと微笑んだ。

「お前、笑った時だけは可愛いよな」

「なっ……っあ、ん」

しみじみと呟かれたそれに思わず上げそうになった声が、だが久隆の手が下肢に下がったことで遮られる。冬貴の中心を握った手は、湯の中で優しく冬貴自身を擦り始め、その熱を高めていった。

「最初はつんけんしてただけだったのが、その顔見ちまったら、そりゃあ負けるだろう」

反則だ、と呟かれたそれにそんなことは知るか、と口には出せないまま反論する。けれどそれが嬉しいと思っているのだから、自分もいよいよどうしようもない。

「兄……さ、んが。私の話を、ん……聞いたって……」

光稜が言った言葉。母と自分の話を聞いたからというそれをふと思い出せば、ああ、と久隆が首筋に唇を埋めてきた。ゆっくりと肩から耳朶までの間に口づけを落とされ、冬貴は焦らされるような快感に身を捩る。下肢を擦る手は激しくも緩くもならず、実際に冬貴はこれ以上ないほど焦らされていた。

「昔、俺の父親がお前を助けに行った時。お前、気を失う寸前まで『お兄ちゃんを助けて』って言い続けていたらしい。中学生かそこらの子供が、自分のことなんか一切言わずにな。さすがに、親父も度肝を抜かれてた」

思い出したように笑った久隆に、だが言った本人は一向に覚えておらず、まるで他人の話を聞いているようだった。

「その時からだろうな。あいつが、人から期待されることを逆に利用するくらいに強《したた》かになったのは」

弟には負けていられないからね。一度だけ、そんなふうに言ったのだという。

その言葉に胸が詰まり、冬貴は自分の身体を抱く久隆の腕を掴んだ。その意図がわかったのだろう、振り返った冬貴の唇に、労るようなキスが繰り返される。

「ん、……っは、あ」

繰り返されるそれに、他のことが考えられなくなってきた頃、さてと久隆が笑った。

「思い出話はここまでだ。そろそろ、他の男の話なんか終わりにして、俺の相手に集中して貰おうか」

唐突に不遜《ふそん》な物言いとなった久隆に、冬貴は目を見開く。今までのただひたすら甘やかすような優しさは何だったのかと言いたくなるくらい意地の悪い笑みを浮かべた表情に、反射的に腰が引ける。

咄嗟に思い出したのは、昨夜の行為。

「く、久隆……」

まさか、昨日の今日でそこまではするまいと思うものの、久隆の表情を見れば嫌な予感しかしない。

「あ、嫌……あっ！」

今までやんわりと擦られていたそれが、唐突に根元を堰《せ》き止められるように握られる。そして空いた片手で器用に腰を浮かされ、そのまま後ろに手が添えられた。ゆっくりと指が埋め込まれ、身体の中を辿っていく。

「なんだ、昨日の今日だからか、さすがに柔らかくなってるな」

笑い含みの声に、冬貴は声も出せず唇を噛んだ。今までひたすら中心を弄られ焦らされていたためか、昨夜散々弄られたせいか。昨夜の半分程度の時間で後ろをほぐすと、久隆はゆっくりと指を抜いた。

「待、……――っ！」

無言のまま、ぐいと一息に腰を引き寄せられ、後ろに久隆自身が押し込まれる。ずるり、と入ったそれを思わず締め付ければ、久隆が冬貴を抱き寄せる腕に力を込めた。

「……っ、久隆……」

その力強さに心地よさすら感じながら、久隆の名を呼ぶ。そして前に回された久隆の手に、自分の指を絡ませるようにして手を繋ぐ。

「好きだよ」

ぎゅっと握りしめたそれが、返事を返すように握り替えされる。そんなささいなことに喜びを感じながら、冬貴はもう一度「好きだ」と呟いた。

たとえこの後、久隆が香港へ帰ってしまっても。この喜びと温もりさえ覚えていれば、冬貴はいつか会えるであろう日を信じることができる。

……――生きてさえいれば、きっと。

「ああ、冬貴……俺もだ」

そうして同じ言葉を耳元で囁かれるのを幸せな気持ちで聞きながら、繋いだ手を離さぬよう、頂点を目指すべく互いの熱を貪り合った。

◇◇◇

じゃあ、元気で。

軽やかにそう言った兄は、晴れやかな笑顔を残して飛行機の搭乗口へと向かっていった。

折角会えたのにほとんど話す間もなく別れなければならない寂しさと、衝撃の事実に茫然とするという、複雑な表情をした冬貴は、その背を見送りながらなぜか隣に立ったままの男を見上げた。飄々《ひょうひょう》とそこに立つ男……久隆は、清々《すがすが》しいほどの笑みを浮かべて光稜を見送っている。

「どうして」

「何だ？」

「……戻るかと、思ってたんだ」

「ああ、そうみたいだな」

さらりと言われた言葉に、なんだと、と眦《まなじり》をつり上げる。

「昨夜はお前、ぐずってはいても逃げなかっただろう？　まあ、俺が帰ると思ってたんだろうなと」

しゃあしゃあと告げた久隆の顔には、罪悪感など欠片《かけら》もない。じゃあ何のために離れる決意をして寂しさを押し殺していたんだと思えば、自分の馬鹿さ加減に溜息をつきたくなった。

「兄さんはいいのか？」

護衛が減れば、困るだろう。そう告げれば、久隆は優しく目を細め冬貴の髪を指先で摘《つま》んだ。

「あいつには、俺以外にも護衛がいる。俺が一番信頼している人間も傍にいるし、問題はない」

そう言った久隆は、昨日の朝、つまりは冬貴が徳良に捕まる前に、すでに日本に残ることを光稜に告げていたらしい。冬貴のために残りたいといったそれに、光稜もまた喜びはすれ反対はしなかったのだという。

「元々、俺とあいつの賭けの報酬自体、あいつが勝てば日本に残ってお前の面倒を見ることだったんだ」

名目上、劉家の護衛として久隆を傍に置いておけば、本家の人間も迂闊《うかつ》に手は出せなくなる。そういった狙いもあるらしい。だから何も問題はない。そう告げる久隆に、ようやく冬貴は肩の力を抜いた。

問題がなければ、それでいい。自分のせいで誰かに無理をさせることだけは、したくなかったのだ。たとえそれが兄であっても、久隆であってもだ。

「また、会えるといいな」

ぽつりと呟いた言葉に、久隆が大丈夫だと笑う。

「会ってもいないのに、散々なブラコンぶりを披露していたからな。放っておいても勝手に会いに来るだろう」

折角会えた兄弟なのだ、いつか、またどこかで。そう思いながら、冬貴は小さく笑って頷いた。

「さて、帰るか」

何気なく言われたその言葉に、喜びを噛みしめながら「ああ」と答える。

ずっと、隣にいてくれる人。

その存在を確かめるように、冬貴は差し出された温かな手に、自分の手をそっと重ねた。

誓約の証

「行ってくれるね、義嗣《よしつぐ》」

肩にかかる艶《つや》やかな黒髪を頬《ほお》にさらりと流し、白皙《はくせき》の容貌《ようぼう》に微笑《ほほえ》みをのせて、親友である男がそう告げた。

自身よりもわずかに身長は低く、目線は下からのものだ。子供の頃は、目の前で笑う男よりも自分の方が低かった。それが逆転したのがいつだったかは覚えていないが、親友はそれが面白くないらしい。ことあるごとに昔は低かったのに、と文句を言う。

断られることなど、寸分も考えていないような微笑み。それは、とてもよく見慣れたものであり、また、逆らえたためしがないものでもあった。

結果はわかっている。だが、素直にわかったというのも癪《しゃく》で、わざとらしくふんと鼻で笑ってみせる。

「嫌だ、と言ったら？」

「言わないから、大丈夫」

笑みの形を少しも崩さず、さらりとした口調で返される。傲慢《ごうまん》なまでの言葉は、自信があるといった雰囲気など皆無だ。何の気負いもなく、まるでその結果が当然のようにそこにあるような、そんな言い方。

「俺に、お前を置いていけと？」

「私の傍《そば》に、お前の代わりはたくさんいるからね」

にこりと。残酷な言葉を平然と言い放つ。普通に聞けば、お前は捨て駒《ごま》でしかないと言われているも同然だ。だが皮肉なことに、大局を見ればそれが厳然たる事実であることも知っている。

今自分が立っているこの場所で、親友は何よりも優先される存在だ。そして、その護衛という位置にいる自分は、替えの利く部品の一つに過ぎない。

ただその立場と信頼度が、比例していないというだけだ。ようするに、必要とされている場所が違う、それだけのことである。

お互いに、相手の反応も答えも思惑も、全て予測済みの会話。それは、ただの言葉遊びでしかない。

兄弟のように、といっても差し障《さわ》りない程度には、一緒に育ってきた。何を考え、何を求めて自分に「行って欲しい」と言っているのかは知っている。

それが『命令』という形でなく、『願い』という形で告げられたことが、如実に親友の気持ちを物語っていた。

「どうしてそれほど気にかける？　相手は、お前の存在すら知らずに、平和な国で暢気《のんき》に暮らしているんだろう」

意地の悪いことを言っているのは、知っている。人が大切に思っている相手を貶《けな》しているのだ。

だがそれは、『こちら側』にいる人間にとっては当然の疑問といえた。

「確かに、平和な国にはいる。だけど、あの子が暢気に暮らしているかどうかは、私にもお前にもわからないだろう？　事実、危険なんかどこにでも転がっている」

肩を竦《すく》めながらのそれは、十三年近く前に起こった事件のことだろう。親友の言う『あの子』が誘拐され、それを助けようとした兄が命を落とした。

だが、それでも。

言い方は悪いが、その程度のことはここでは日常茶飯事だ。むしろ、幼い頃からそんな状況に晒《さら》され続けている親友に比べれば、ささいなものだろうと思った。

「危険なんか、どこにでも……か。それでも、お前より遙《はる》かに恵まれているだろう」

「恵まれているかどうかは人それぞれだって、それはお前が一番よく知っているだろう？　義嗣」

押し黙った自分に、親友がそれにね、と続ける。

「私は、自分が不幸だとは思わないよ」

そう綺麗《きれい》な顔で笑った親友に、思い切り顔をしかめてやる。その言葉の意味を、嫌になるほど知っているからだ。

「嘘《うそ》をつけ。立場が違えば、自由になれただろうが」

その言葉に、親友は違うよと首を横に振る。

「ここに立っているからこそ、できることがある。護《まも》れる人も……傍にいてくれる人も」

「お前なら、そこにいなくてもどうにかするだろう」

肩を竦めたそれに、いいや、と首を横に振った。

「ここにいなければ手に入れられなかったものは、確かにある。自由とそれとを枡《はかり》にかけたら、私は何度でも同じ選択をすると思うよ」

満足そうに笑うその表情に、舌打ちしたい気分に駆られた。

「お前が自分で選んだのなら、それでいいけどな。後悔は……まあ、しないだろうな、お前なら」

「さすが義嗣。よくわかってる」

「うるさい」

拍手でもしそうな声の親友を睨《にら》みつける。すると、柔らかく笑んだその雰囲気とは裏腹な容赦のない一言が告げられる。

「私の傍には、誰よりも強くて信頼できる人がいる。だから、私の『護衛』にお前は必要ない。でもね、義嗣」

そして一度言葉を区切ると、どこか痛ましげな表情を浮かべた。

「あの子には、誰もいないんだ。もし次に危険が迫った時、無防備なほどに」

それは、同時に再び危険が迫っているということだ。だからこそ親友は、自分に行ってくれと言っている。

「俺のやり方を知っていても、か？」

命を賭《と》して護る人間は、自分で選ぶ。たとえ恩人でもある親友の願いだとしても、相手がそれに値《あたい》しなければまっぴらごめんだ。

仕事として請け負えば、身の安全は保障する。だが、それ以外は知ったことではない。

暗にそう告げた言葉に、返ってきたのは迷いもない肯定。それは、至極簡潔なものだった。

「もちろん」

そして、楽しげに笑みを浮かべて言葉を足した。

「どうするかは義嗣に任せるよ。護るに値しない人間だと判断したら、すぐに戻ってきてくれて構わない。でも多分、そんなことにはならないと思うな」

「どうして」

「あの事件の話を、お前も知っているから」

きっぱりとそう告げた親友の、遠くて優しい、そして強い色を浮かべたその瞳に、溜息《ためいき》をつく。

中学生の頃に事件に巻き込まれ、それでも自分のことより自分を護って倒れた兄を案じ続けた、その無謀さと頑《かたく》なさ。そして、強さ。その場に居合わせた人間から聞いた話ではあったが、少なからず興味は湧いた。

そして、それは親友にもとっくに見抜かれている。

「私には、私の命を護る義務がある。だから、あの人の次に強くて信頼できる人間に頼みたいんだ」

最優先は、自分の命。大勢の人間を束ねる立場にいるのだから、それは当然だ。

だが、同じくらい大切な命だから、自分にとって大切な人間にしか頼めない。そう、言いたいのだろう。

そして結局自分は、親友の、絶対的な信頼に負けるのだ。

「……わかったよ。ただし、戻っても文句言うなよ」

諦めるように溜息をつければ、親友はありがとうと笑いながら、ふと何かを思いついたように続ける。悪戯《いたずら》を思いついたようなそれは、楽しげであり、自分の勝利を確信しているものでもあった。

「そうだ、賭《か》けをしようか」

「賭け？」

唐突な提案に眉《まゆ》を顰《ひそ》める。すると、親友がそうと頷《うなず》いた。

「もしあの子が、義嗣の日にかなう人間じゃなかったら、お前の勝ち。そうじゃなければ、私の勝ち」

「なんだ、戻ってくれれば勝てるじゃねぇか」

「ズルはなしだよ。まあお前が、本気で護ろうと思った相手を放って帰れるほど、器用な人間だとは思わないけど」

さらりと図星をつかれ言葉に詰まる。

人のえり好みは激しいが、護ろうと思った相手は何があっても護り通す。それが、護衛という仕事に対する、そして自分自身の誇りでもある。そんな自負も、目の前の相手には見透かされている。

これだから、幼い頃から互いを知っている相手は、始末に悪い。

「……――報酬は」

溜息混じりに告げれば、逡巡《しゅんじゅん》するように視線を彷徨《さまよ》わせた親友が、そうだ、と笑う。

「定番なところで、相手の言うことを一つだけ聞くっていうのはどうかな」

「俺が勝って、あいつを諦めろって言ったら？」

にっと意地悪く笑って見せれば、だが寸分の動揺も感じさせない笑顔で流される。そんなことはしないだろう、とその瞳が物語っていた。

「よろしく頼む」

続けられた言葉に、やれやれと溜息をつきながら、わかったよ、と白旗をあげる。最初から見えていた勝負だ。

「その賭け、忘れるなよ」

明らかに、相手にとって分が悪いような賭け。けれど、負けるとわかっていることをする男ではない。

その自信がどこから来るのか。聞いてもきっと答えは返ってこないだろう。

そして親友の願いのまま、自分は日本の地を踏んだのだ。

◇◇◇

わずか一ヶ月足らずいた場所とはいえ、慣れてしまえば離れるのも寂しくなるものだ。

リビングルームのソファにぼんやりと座り、広々としたホテルの部屋をぐるりと見回しながら、篠塚冬貴《しのづかふゆき》はそっと溜息をついた。

夕方とはいえ、シルクのパジャマに履き心地のいいルームシューズという格好なのは、つい先ほどまでベッドの中にいたからだ。

ここ数週間の騒動が終わりを迎え、数日が経った。随分経ったようでもあり、あっという間だったような気もする。

いまだにこのホテルにいるのは、雅之《まさゆき》の計らいだ。ロイヤルスイートは一ヶ月間借り切ってある。期限まであと数日、疲れているだろうから休みを取ってゆっくり滞在すればいい。

そう言われ、なおかつ渋る冬貴を諦めさせるためか、事件解決後、強制的に一週間の休暇を取らされたのだ。

そして今日が、最後の夜。

「どうした？」

カチャリと音がし、部屋の扉が開く。外に続くそこから入ってきたのは、冬貴の警護を請け負った警備会社の人間、同時に恋人となった久隆《くりゅう》義嗣だった。

身を包む上質のスーツは、無駄な部分が全くなく、身体に合わせて作られている。オーダーメイドかと思ったが、仕事上荒っぽいこともこなすため、セミオーダーではあるらしい。だが、馴染《なじ》みの店で仕立てられたもので、ある程度体格に合わせられているらしかった。

すっきりとした目鼻立ちと、少しだけ癖のある髪。エリート然とした雰囲気も持ち合わせてはいるが、警護に入れば、いつもは見せない鋭さが垣間見える。

「いや。最初は落ち着かなかったが、ここも慣れると居心地がよかったと思って」

再びリビングルームを見渡しながら、感慨深く溜息をつく。すると、近くで何かを思い出したような小さな笑いが聞こえた。

「落ち着かなかった、ねえ。初日から、そこのテーブルに書類とパソコン広げて夜中近くまで仕事してたのは、落ち着かなかったからか？」

日が落ちきる前に会社を出ていたため、残った仕事を持ち帰り、八つ当たり混じりにこなしていたことを当て擦《こす》られ、むっと唇《くちびる》を引き結ぶ。

ソファの肘掛《ひじか》けに軽く腰《こし》を下ろした久隆をちらりと睨めば、からかうような笑みが視界に入り一層腹が立つ。

「会社で仕事ができなかったんだ。仕方がないだろう」

あの時は警護など必要ないと思っていたし、常時見張られているようなものだったから、余計意地になっていた面もあった。だがそれは言わないでおく。

「ふうん？」

何か言いたげな、意味深な笑みを見せる久隆に、そんなことは見透かされているのだろうと思いつつ、ふんと視線を逸《そ》らした。

「そういえば、光稜《グァンロン》が全部支払いを持つって言ったんだろう？　断ったらしいな」

くくっと楽しげに笑った久隆に、その時の状況を思い出した冬貴は困ったように眉を下げた。

もし会って貰《もら》えるなら、冬貴の父親に直接会いたい。そんな光稜の願いを、雅之は快く了承した。その時に、今の話が出たのだ。

劉《リュウ》家次期当主として、光稜は十三年前とそして今回のことに対して雅之や冬貴に改めて頭を下げた。そしてこちらの事情で迷惑をかけたのだから、とそう切り出したのだ。だが雅之は、自分の子供の安全を護るために当然のことをしたまでだと、その申し出を退けた。

結局幾らかのやり取りの後、久隆を雇うためにかかるはずだった経費を光稜が負担することで話は収まった。

『久隆は、劉家専属のボディーガードだから。うちにしてみれば、経費なんかかかっていないも同じなんだけどね』

仕方なさそうに苦笑した光稜に、逆に申し訳なくなってしまい、つい冬貴がすみませんと謝ってしまった。

「昔のことも、今回のことも。兄さん達がやったわけじゃないでしょう。だから、悪いと思う必要はないって父さんは言いたかったんだと思います」

光稜の申し出を受け入れることは、ある意味、一連の事件に光稜達が関わっていたと認めるのと同義になってしまう。

「それに、篤紀《あつのり》兄さんのことも。撃った人間がどうなったか。それを聞けただけでも、違う」

当時篤紀を撃った人間は、冬貴を救出する際に乱闘となり、光稜側の人間に射殺されたらしい。それを聞いた雅之は、様々な感情を押し殺したような表情で『そうか』と小さく呟《つぶや》いただけだった。

「篤紀さんのことは、うちの親父《おやじ》も気にしていた。あの指輪の持ち主にも、くれぐれも悪かったと伝えておいてくれと言われた」

静かな久隆の声に、冬貴は微笑んでみせる。篤紀が死んだことに対してのわだかまりがないとは言えない。だが犯人のその後がわかった、それだけで収めなければならないことは、理解していた。

これが事件直後なら難しかっただろう。だが十三年という時間と、今回、光稜が礼を尽くしてくれた事実が、それを飲み込むだけの余裕をくれた。恐らく雅之や和久井《わくい》は、冬貴以上の葛藤があっただろう。それでも、誰もが光稜を責めることをしなかった。

責めるべきは、手をかけた本人のみ。それ以上でも、それ以下でもない。

「ありがとうございますと、伝えておいてくれるか？　和久井もずっと気になっていたものが戻ってきてありがたかったと、感謝していたから」

「ああ」

頷いた久隆に、話を変えようと視線を巡らせる。そして、つい先ほどまで久隆が誰かに呼び出されて外に出ていたことを思い出し、そういえばと呟いた。

「もう用事はいいのか？　誰か来ていたんだろう？」

久隆が日本に残るということは聞いたが、今後どうするかは聞いていない。光稜が帰ってからの数日間、久隆とともにホテルでゆっくりと……そして、色々な意味で濃密な日々を過ごしていたが、もしかしたらそんな時間も当分持てないかもしれない。

だから最後の夜くらいは二人で過ごしたかったが、用事があるのなら仕方がない。

そう思いながら問えば、だが久隆はそっけなく肩を竦めただけだった。

「ああ。頼んでいたものを届けて貰っただけだからな」

「届けてって……まさか、香港《ホンコン》からじゃないだろうな」

さらりと告げられた言葉にうろんな視線を返せば、まさかと久隆が笑った。

「そんなわけがないだろう」

「……そう、だよな」

わざわざ香港から届け物をさせるなど、さすがの久隆でもしないだろう。思わず苦笑を浮かべれば、だがさらりとそれ以上の言葉が続けられた。

「ロンドンからだ」

「ロンドン？」

何でもないことのようなそれに、冬貴が目を見開く。それはどこだ、とでも言いたげに聞こえたのか、わざわざ「イギリスだ」とまで丁寧に付け加えられる。

「そんなことは知っている！」

眦《まなじり》をつり上げて怒鳴れば、やれやれと久隆が肩を竦めた。

「何年か前から、光稜の手伝いでイギリスにいたからな。俺の荷物は、全部あっちにある。あいつも、今はまだ残務整理であっちにいるんだ。この間光稜に持ってこさせようと思ったんだが、あいつ、こっちに来る前のごたごたで忘れてきやがったからな」

「そういう問題じゃないだろう……」

仕方のないやつだとでも言いたげな久隆に、冬貴は頭が痛いと眉を顰めてみせる。

「まさか、持ってきた人はそれだけで帰る、なんてことはないよな？」

「ん？　いや、光稜の秘書だからな。今日はさすがに泊まるだろうが、明日には帰るんじゃないか？」

イギリスから届け物のためだけに来て、とんぼ返り。その事実に二の句も継げられずにいると、冬貴の言いたいことがわかったのか久隆が苦笑を浮かべた。

「さすがに俺だって、ただの届け物で人は使わない。だがまあ、物が物だからな。光稜に言ったら、あいつが寄越しただけだ」

久隆の言葉に、ようやくそうかと息をつく。幾ら香港で古くからある一族とはいえ、そこまで世界が違うものかと思ったのだ。

（まあ、もしかしたら中《あた》らずと雖《いえど》も遠からずかもしれないが）

もし想像通りだとすれば、ついていくことはできなそうだと溜息一つで収めた。

「まあ……用事が終わったなら、いい」

素直に、今晩は二人で過ごせて嬉《うれ》しいと言えるような性格ならよかったのだろう。だが生《あい》憎《にく》、躊躇《ためら》いがちの唇から、そんな言葉は出てきてくれない。冬貴の微《かす》かな自己嫌悪が伝わったのか、久隆がにっと口端を上げた。

「なんだ、それで終わりか？」

「う、うるさい！」

何を考えていたのか言い当てられた気がして、慌てて声を上げる。顔が赤くなっていないことを祈りながら、顔を背けるようにして久隆から視線を外す。すると、冬貴の様子を楽しげに見ていた久隆が、まあそれよりもと続けた。

「先に、渡したい物がある。……ついでに、余計な物もついてきたみたいだがな」

「え？」

ずいと目の前に差し出されたのは、先ほどから久隆が持っていた紙袋だ。しっかりした作りのそれを受け取り中を覗《のぞ》き込めば、一目で上質だとわかる、重厚な作りの箱が二つ入っていた。

「一つは、俺から。もう一つは光稜からだ」

「兄さんから？」

冬貴の隣に座り直した久隆が、溜息混じりに言いながら開けてみろと視線で促す。ともかくも、と光稜からだと言われた方を袋から出してみる。だがその箱書きに、ちらりと眉を顰めた。

（まさか……）

何となく字面に見覚えがあるのは気のせいか。そう思いながら恐る恐る箱を開ければ、中からは予想に違《たが》わぬものが姿を現した。

「久隆……」

代物だ。

「会えた記念に、だとさ」

「記念にこれは高すぎるだろう‼」

思わず叫んだ冬貴の手には、シンプルながらセンスのいい腕時計。ホワイトゴールドのケースに、黒い本革ベルト。フェイスに書かれた文字は、『A．ランゲ&ゾーネ』。ドイツの、世界でも五本の指に入る時計ブランドであり、正規品なら数百万はするはずの代物だ。

盤面に、日付を表示するカレンダーディスクが大きく、二枚分で表示されるデザインが特徴的である。

「そうか？　貰える物は貰っておけ。あいつも、構える相手ができて嬉しいんだろう。お前に会いたがっていたからな」

「そういう問題じゃ……」

さらに言い募ろうとすれば、すっと手元の箱から時計を取り上げられ、手首をとられる。うっかり抵抗して時計を落とされでもすればと思えば下手《へた》に抵抗もできず、大人《おとな》しく腕に時計を嵌《は》められた。

「久隆」

思わず、縋《すが》るような、途方に暮れた声を出してしまう。すると、冬貴の気持ちを察したのか、久隆が苦笑を浮かべ腕時計をつけた手首をそっと指先で撫《な》でた。

「まあこんなことができるのも、この状況になったからだ。あいつの道楽だと思って、付き合ってやってくれ。他の男からの贈り物だと思えば腹も立つが……似合ってる」

仕方なさそうな表情は、光稜の気持ちを汲《く》んだ上でのものだろう。嬉しさと、久隆と光稜の絆《きずな》の深さに対する疎外感のようなもの、そして似合っているという言葉に対する気恥ずかしさ。そんな幾つもの感情が複雑に絡み合い、どんな顔をしていいのかがわからなくなってしまう。

神経を集中させるようにじっと時計を見ていれば、さらりと前髪を指先で梳《す》かれる。顔を上げれば思わぬほど近くに久隆の顔があり、慌てて俯《うつむ》いた。

そっと、眼鏡《めがね》を外される。今まで人がいる場所で外すことがなかったそれも、久隆の前で外すことには随分と慣れた。

「それから、もう一つ」

眼鏡が外された瞬間、わずかにぶれた視界の中で焦点を合わせれば、久隆がぽんと腕時計をつけた左手の掌《てのひら》にもう一つの箱を乗せた。

先ほどのものよりもう少し小振りなそれは、ジュエリーボックスのようだった。

「これは?」

「これは俺からだ。まあ、正確にはこれもあいつからってことになるかもしれないが」

呟かれたそれに、ボックスの蓋《ふた》を開く。収められているのは、ごくシンプルなシルバーのカフリンクスだった。スクエアな面に、花をモチーフにしたような複雑な模様が刻まれている。存在を主張しすぎない程度に埋め込まれた石は、恐らくダイヤだろう。

だがその模様を見た瞬間、奇妙な既視感に冬貴は眉を顰めた。確か、どこかで見たことがあるのだ。

「どうした？」

冬貴の表情から、何かを読み取ったのだろう。久隆が顔を覗き込んでくる。

「いや……これは？」

だが、記憶もはっきりとせず、首を振って何でもないと告げた。久隆も気になるような表情をしてはいたが、それ以上は追及せず言葉を継いだ。

「劉一族の証《あかし》、みたいなものだな。直系と、側近の中の一部に、物は違うがその模様が入れられたものが作られる。俺のは、成人した頃に作られた」

「大事な物じゃないか」

慌てて蓋を閉め返そうとする。だが、その手を久隆に止められた。

「お前に、持っていて欲しい」

「え？」

驚きながら声を上げれば、久隆は冬貴の手の上に自分の手を重ねたまま、真っ直ぐにこちらを見つめていた。真剣な眼差《まなざ》しは、冬貴の身体《からだ》を抱く時のような欲望は孕《はら》んでいないものの、同じほどの熱を感じる。

「これはいわば俺の光稜への忠誠の証……必ずその身を護るという、誓約の証でもある。まあ身内向けのもっと単純な名目は、あいつとの兄弟の証ってところだが」

その言葉に、久隆が光稜の護衛であった事実を思い出し、表情が曇ってしまう。

やはり久隆にとって、恋人ではないとはいえ特別な相手なのだろう。現にこうして光稜の事を話す時、いつも表情が優しくなる。

(それに、誓約の証……)

必ず護るという、その言葉。当然のこととはいえ、それがずっと冬貴以外の人間に向けられていたという事実が、胸に棘《とげ》が刺さったような痛みをもたらしていた。

いや、むしろ光稜こそが、本来その言葉を向けられるべき相手なのだ。

自分だけを見て欲しい。傍に、いて欲しい。そう思うのは、きっと冬貴の傲慢だ。掌の中のカフリンクスに視線を落としながら、小さく唇を噛《か》みしめた。

「だから、今度はこれにかけてお前に誓う」

「え?」

思わず顔を上げれば、久隆がふっと小さく微笑んだ。まるで、冬貴の気持ちを見透かした上で、安心しろと言うようなその表情。

「必ず、お前を護る——何があっても」

「……──っ！」

「このカフリンクスは、俺の過去だ。それごと全て、お前に預ける」

「く、りゅう……」

過去ごと預ける。それは、久隆の全てを冬貴に預けるということか。胸の中に温かなものが溢《あふ》れ、言葉を詰まらせる。すると、今までの真剣な表情に少しだけ心配そうな色を浮かべた久隆が「重いか？」と呟いた。

「違、っ！」

かぶりを振り否定した途端、思わず舌を噛み顔をしかめる。その様子を見た久隆が、笑いを洩《も》らし指先で優しく冬貴の頬を撫でた。

こうして眼鏡を外したまま、真正面から顔を覗き込まれても身体が逃げなくなった。久隆相手であれば、散々見られていると言うこともあり、心が慣れてしまったのだろう。そんなささいなことから、久隆に対して随分無防備になっているのだと実感する。

「いいのか？」

何に対してか。それは、冬貴自身わからなかった。久隆に対してかもしれないし、光稜に対してかもしれない。ただ咄嗟《とっさ》に出たのが、その言葉だった。

「頼んでいるのは俺だろう？　命を賭けて護る相手は、自分で選ぶ。俺が選んだのは、お前だ」

真っ直ぐなその一言に、何かで貫かれたかのように胸が痛む。ぎりぎりと締め上げられるような、息もできなくなりそうなほどの……けれど、甘い痛み。

「私は」

一旦言葉を切り、無言で先を促す久隆の瞳を正面から見返し、こくりと息を呑《の》む。

羞恥《しゅうち》は強い。けれど、これだけは今言っておかなければならないと自身に言い聞かせる。多分、これを逃せば言えなくなってしまう。

「私も、久隆を護りたい。もう大切な人を亡くすのは嫌だ。だから、頼むから……命を賭けるより、二人で生きることを考えて欲しい」

「冬貴」

命を賭ける、と。それが久隆の真剣さを表す言葉であるのはわかっていた。けれど一度大切な人間を亡くした身では、どうしても心配をせずにはいられない。

（いや、多分）

恐らく久隆は、本当に選ばなければならない時、絶対に護る相手を優先させるだろう。だからこそ、はっきり言葉にしておきたかったのだ。

そして、ゆっくりと掌の中のカフリンクスを握る手に力を込める。

「これと引き替えに渡せるのは、私自身くらいしかないが」

苦笑を浮かべて、冗談交じりにそう告げる。冬貴にとって何より大切なものと言えば、家族のほかにないからだ。

「もちろんそれは、ありがたく貰っておく」

楽しげに口端を上げた久隆から、肩を引き寄せられる。ソファに並んで座ったまま、身体を預けるように倒れ込む。頰に当たる体温に、自然と鼓動が高鳴った。

身体を重ねるようになっても、やはりこうやって久隆に抱きしめられると落ち着かない。

「いいのか？　返せと言われても……まあ、毛頭聞く気はないが」

耳元で囁《ささや》きながら、けれどふざけるようにそう告げた久隆に小さく声を上げて笑う。

「悪いが、返品は受けつけていないんだ」

「なら、ありがたく」

密やかな囁きは、笑みを形作った久隆の唇にそっと飲み込まれる。そしてゆったりとした口づけに目を閉じれば、掌のカフリンクスが微かに熱を持った気がした。

◇◇◇

ベッドの上に座り込み、隣で電話の子機を持っている冬貴の姿を、久隆はベッドヘッドに背中を預けながらゆったりと眺めた。

「あの……兄さん。時計、受け取りました」

躊躇いがちに告げる冬貴の声が、耳に心地よく届く。耳慣れたそれは、少しだけ甘さを帯びた、凛《りん》としたものだ。

だが、そんな心地よさとは裏腹に、表情が憮然《ぶぜん》としたものになってしまうのは仕方がない。ソファでゆったりとしたキスを交わし、互いに熱を孕んだ状態でベッドに入った瞬間、邪魔をされたのだから。

（全く、タイミングの悪い）

もう少しかかってくるのが遅ければ、無視することもできただろう。冬貴を溺《おぼ》れさせてしまえば、電話の音に気づかせないようにすることなどたやすい。けれど無情にもそれは、パジャマを脱がせかけたところで割り込んできたのだ。

電話の相手は、久隆の親友であり、冬貴の実兄である劉光稜だった。

（見計らったようにかけてきやがって）

八つ当たりだとわかっているが、つい心の中で毒づいてしまう。

「あの。あんな高価なものを……」

受話器を手にした冬貴は、困ったように眉を下げている。内容は、先ほど光稜からだと渡された腕時計の件だろう。坊《ぼっ》ちゃん育ちのわりに変なところで金銭感覚が庶民的な冬貴は、ベッドに入る前に傷をつけると悪いからと時計を外し、しっかりと箱の中に戻していた。

実の兄とはいえ、他の男からの贈り物を身につけたままベッドに連れていく気などさらさらない。冬貴が外さなければ久隆が外していただろうから、それについては異論はなかった。

「いえ、そんな。気に入らなかったわけでは……」

遠慮しようとしていた冬貴が、ますます困ったような表情を浮かべる。どうせ向こうでは、光稜がしおらしい声でも出しているのだろう。

綺麗に整った顔立ちから、ぱっと見は冷淡な印象を与えるが、冬貴は基本的に人が好い。その上身内には滅法弱いのだから、光稜に丸め込まれるのなど一瞬だ。それで冬貴が被害を被《こうむ》るのならすぐに止めるが、今回は別段問題もないため放っておく。

助けを求めるようにこちらへ視線を送ってきているのには気づいている。だが、あえて知らぬ振りをしつつ、すっと目を細めた。

ほっそりとした白い首筋と、そこから続く体軀《たいく》。脱がされかけたパジャマの上着は、ボタンが上から数個外されている。

冬貴が一週間の休暇をとらされこのホテルにいる間、久隆も同じ部屋に泊まっていた。その間は、まさに爛《ただ》れていると言ってもいいほどの生活だった。

食事と数回入る風呂《ふろ》以外は、ほとんど冬貴の身体を離さなかったのだ。実のところ今日も、昼近くまでベッドの中におり、その後冬貴が寝ている間に外へ出て光稜の秘書と会っていたという具合だ。

このホテルを出た後のことを、まだ冬貴には言っていない。そのため、本能的に久隆が離れることに不安を覚えているのだろう。冬貴は、動かなくなった身体を横たえながらやり過ぎだと文句は言うものの、この数日間たいした抵抗はしなかった。

もちろん、起きられる程度に加減はしていたが。

胸元に視線を這《は》わせていれば、それに気づいたのか冬貴がわずかに頬を赤らめこちらを咎《とが》めるような視線を向けてきた。

そんな表情も、喜ばせるだけであって制止になりはしない。不意に湧き上がった悪戯心を止めることなく、そっと冬貴の方へと手を伸ばした。

「あの、じゃあ……っ！」

ぐい、と肩を抱き、冬貴の身体を自分の方へと引き倒す。咄嗟のことに驚き声を上げそうになった冬貴が、電話に向かって慌てて何でもありませんと告げた。

「そのまま話してろ」

冬貴の身体を正面から抱き込んだまま、ぼそり、と受話器を当てている方とは反対側の耳元にそう囁く。ふるりと肩を震わせた冬貴は、こちらに身体を預けた状態で下から睨みつけてきた。

何をする気だ、と咎めているのは一目瞭然。だが、そこでやめてやるほど紳士ではない。その上電話の相手が光稜とくれば、遠慮してやる義理などなかった。

「す、すみません、兄さん。じゃあ、あれはいただきます……いえ、嬉しかった、です」

いささか照れたように告げる冬貴の、うっすらと赤く染まった頬にむっとする。本当に嬉しげな表情が、自分以外の男に向けられている。たとえそれが身内に対してであっても、面白くはなかった。

指で軽く首筋を辿《たど》れば、ぴくりと腕の中の身体が震えた。久隆の肩に頬を預けるように凭《もた》れている身体を、慌てて冬貴が起こそうとする。だがそれを押し止めると、パジャマのボタンを外し始めた。

「あの、じゃあ今日は……え、いえ」

久隆が始めた悪戯に、慌てて電話を終えようとするが、どうやら引き止められたらしい。受話器越しにあらに聞こえることを恐れ、身体をまさぐる久隆の手を、空いた方の手で押し止める程度の抵抗しかできない冬貴に、そっとほくそ笑んだ。

向こうが話し始めたタイミングを見計らい、体勢を変える。正面から抱いていた身体を反転させ、背中から抱き込むような形に落ち着く。冬貴の顔は見えなくなってしまうが、この方が悪戯するには便利だった。

声を殺すように唇を掌で塞《ふさ》いだ冬貴が、抵抗して身体を捩《よじ》る。だがそれを許さず、はだけた胸元を掌で辿った。

「……っ」

胸の先端を指先が掠《かす》めた瞬間、冬貴の身体が震え硬直する。掌の下で、それでも足りぬように唇を噛んでいるのは、その表情からわかった。

ゆっくりと、わざと胸元を掠めるように掌を動かしていく。そして、首筋に唇を落としちらりと舌先で舐《な》め上げる。

「っ！　え、あ、はい……大丈夫です、あれからは何も」

小刻みに身体を震わせながら、それでも必死に平静な声を保とうとする冬貴が、可愛《かわい》くて仕方がない。

元々、心を許した人間の前以外では、一部の隙《すき》も見せようとせず気丈に振る舞う。そのため、快感に耐える表情は余計にそそられた。

悪趣味だとはわかっている。だが、もっと見てみたいと思うのもまた正直な気持ちだった。

「はい。え？　あ、それはよかったです」

冬貴が、ほっと安堵《あんど》した声を出す。久隆の悪戯も忘れたようなその表情は、心底嬉しそうだった。

恐らく、光稜が無事に一族当主の座を継いだことを聞いたのだろう。

まあ、その話の間くらいは、大人しくしてやろう。

そんなことを思いながら、胸元を探る手を止め、何食わぬ顔でズボンに手をかける。ぎょっとした冬貴が、慌てて片手で久隆の手を押さえてくるが、そんなものは抵抗のうちに入らない。

ゆったりとしたそれを下着ごと一気に引き下ろす。動揺して久隆から離れようと腰を浮かせた冬貴の動きを利用し、楽々と膝《ひざ》辺りまで落とした。

「ちょ……っと、すみません。久隆！」

慌てて受話器の保留ボタンを押し、こちらを振り返った冬貴に、白々しく「何だ？」と問い返す。

「何だも何も！　さっきから、何をしている！」

「お前が相手にしてくれないから、こっちはこっちで勝手に始めておこうかと思ってな」

にっこりと空々しく告げたそれに、冬貴が信じられないものを見たような顔で絶句する。

「相手にしてくれないって、そんな子供みたいな」

「折角この部屋での最後の夜を、恋人と二人きりで過ごせると思って楽しみにしてたんだ。無粋な電話なんか、さっさと切ってしまえ」

恋人、とあえてそう言えば、さっと冬貴の頬が紅潮する。どうしてか冬貴は、その言い方に慣れないらしい。身体を重ねている間に言えば、余計に反応する。

「と、とにかく！　すぐ切るから、その間くらいやめてくれ。もし兄さんに声が聞こえたら……」

「それよりもいいのか？　それ、ずっと保留にしたままで。あいつも暇じゃないだろう」

わざと答えをはぐらかしたままそう告げれば、はっとした冬貴が慌てて保留を解除する。

冬貴を動かすには、人に迷惑をかけるかもしれない、という指摘の仕方が一番有効なのだ。

「すみません、お待たせしました。あ、いいえ、大丈夫です。でも、兄さんもお忙しいでしょう？　そ、そんな……話したくないわけじゃ……」

どうやら、話を打ち切るのには失敗したらしい。さっさと切ってしまえと心の中で舌打ちしながら、久隆は再び掌を脚へと這わせた。

冬貴の下肢《かし》は、はだけたパジャマの裾《すそ》によって辛《かろ》うじて隠されている。ちらりと隙間から見える冬貴自身がやけに扇情的で、久隆自身が熱を孕むのを感じる。

すでに、冬貴のそれは悪戯程度の愛撫で反応しかけていた。それを見て、嬉しくないはずがない。

内股《うちもも》にゆっくりと手を這わせ、あえて前には触らぬまま、空いた手で腰を抱き冬貴の後ろに自身のものを押しつける。同じように硬くなっているそれに、思わずといったように冬貴が声を上げた。

「ぁ……っ」

微かな声が、噛みしめた唇の間から漏れる。その瞬間、微かに聞こえてきていた受話器の向こう側の声がぴたりと止まった。

「え？　あ、いえその……は、はい」

不自然なやり取りに、次にくる言葉を予測しやれやれと内心溜息をつく。そして、そろりと振り返った冬貴が、右手に持った受話器を差し出してきた。

「兄さんが、変わってくれって」

手渡そうとした受話器をあえて受け取らず、持たせたまま耳に当てる。久隆、と抗議するような小声は無視し、通話口に向かってなんだと憮然とした声を投げた。

『なんだ、はないだろう？　義嗣、可愛い弟との会話を邪魔しないで欲しいんだけど？』

「邪魔した覚えはないな。むしろ邪魔なのはそっちだろう。光稜」

呆《あき》れたような溜息混じりの声に、ふんと鼻で笑って返す。この程度のやり取りは、日常茶飯事だ。互いに気分を害するような類《たぐい》のものでもない。だが、幾分乱暴な物言いに冬貴が心配そうな瞳でこちらを見ているのに気づき、安心させるように笑みを浮かべてみせる。

心配するな、というそれが伝わったのか、少しだけ冬貴の顔が和らいだ。

『全く。さっきから、どうも冬貴の反応がおかしいと思ったんだ。お前が悪戯でもしているんだろう。こんなことなら、お前を冬貴の傍に残すんじゃなかった』

ぶつぶつと電話の向こうで呟く光稜の姿に、思わず笑いそうになってしまう。香港で劉家の新当主といえば、美人の次に冷酷無比という言葉がつくほど、容赦がないことで有名なのだ。もちろん、それが本来の姿ではないことはよく知っている。だが、劉家の人間が冬貴に対する光稜の姿を見たら、十中八九顎《あご》を落とすだろう。そんな想像をすれば自然と笑いがこみ上げてくる。

「そもそも、恋人同士が一緒にいる夜に電話なんぞかけてくる方が無粋だろうが」

そう告げれば、腕の中の冬貴がそろそろと身体を逃がそうとしているのが視界に入った。いたたまれないといった顔で、久隆の腕から逃れようとしているのを、再び腰を抱いた手に力を入れて引き止める。

そして、前に回した手でゆるりと勃起《ぼっき》しかけた中心を擦り上げてやれば、ぴたりと動きが止まった。

腕にかかった手に力が入り、軽く爪《つめ》が立てられる。傷を作らないほどのそれは、甘噛み程度の痛みしか与えない。

『仕方がないだろう、この時間しか人払いができなかったんだから。お前は毎日冬貴の顔を見ているんだから、たまには私に時間を譲れ』

「残念ながら、馬鹿がつく部類の兄弟に、可愛い恋人を独占させるほど心が広くないモノで。悔しかったら用事でも作ってこっちに来るんだな」

大体、何がたまにはだ。結局のところ、この数日なんだかんだと理由をつけては毎晩のように電話をかけてきている。それがことごとく、冬貴をベッドに引き摺《ず》り込もうとしている直前だったりするのだから、いい加減報復してもいいだろうと久隆は内心で毒づく。

「……ぁ……や」

まさか電話中にそこまでされるとは思っていなかったらしい冬貴は、久隆の手を押さえながら唇を噛んで声を殺していた。

容赦なく追い上げるように、擦る手を速め、滲《にじ》んできた先走りを掌と全体に馴染ませる。

やや強めに扱《しご》いてやれば、腕の中の身体が硬直し、やがて落ち着きなく腰が動き始めた。

それでも震える手で久隆が耳を当てた受話器を必死に握っているのは、さすがと言えた。

いや、本人ですらすでに何を持っているのか意識していないのかもしれない。

「まあ、とにかく。今は邪魔だ。どうせ話は終わったんだろう？　落ち着いたらこっちからかけ直す」

「あ、やぁ……く、久隆、やめ……」

掌で声を殺すようにそう告げる冬貴の顔は、目尻《めじり》にうっすらと涙すら浮かべ壮絶な色香を放っている。その表情にとどめをさされたように完全に勃《た》ち上がった己《おのれ》のものを、冬貴の腰に押しつけた。

『……全く、お前がそこまで執着するのは、私以来じゃないか？』

「――っ！」

やや大きめに告げられた光稜のそれは、絶対にわざとだろう。冬貴の耳にも入ったのは、ぴたりと止まった身体の反応でわかった。

余計なことを、と眉を顰めながらうるさいと返す。

「お前と一緒にするな。ったく、いらんことを。じゃあな、切るぞ」

『可愛いからって人の弟を苛《いじ》めるなよ、義嗣。冬貴にもよろしく言っておいてくれ。じゃあまたね』

あっさりと切れた通話の後、無機質な通信音が響く。単調なそれを聞くこともなく、冬貴の掌から子機を取り上げ、ベッドヘッドの上へと置いた。

「冬貴？」

背後から顔を覗き込めば、やや表情を硬くした冬貴がちらりとこちらへ視線を寄越してくる。誤解しているな、と一目でわかるその顔に、海を越えた向こうで涼しい顔をしているであろう光稜に声には出さず悪態をついた。

「あー、あれは光稜の冗談だ。気にするな」

「……離せ」

ぼそりと呟かれたそれは、完全に機嫌を損ねた時のものだ。最初に冬貴と顔を合わせた時から、最も見ているのが怒った時のものだったが、今のそれは子供が拗《す》ねた時のものによく似ている。

わかってはいるが、気持ちが納得しない。

恐らく、そんな心情なのだろう。一般的に嫉妬だと言われるであろうそんな感情を、冬貴が持っていることが嬉しくなり心の中で小さく笑む。表に出せば、それこそさらに機嫌を損ねるのは目に見えていた。

「離せ！」

「こら、暴れるな」

久隆の腕から逃れようと暴れ始めた冬貴の身体を、力ずくで引き止める。拗ねているだけにしては、本気の色が窺《うかが》える。

「っと。冬貴、落ち着け」

次第に強くなる抵抗に、前を握っていた手を離し、脚を絡めるようにして押さえ込む。すると、身動きがとれなくなったからか、今度は冬貴の腰に回した手に軽く爪が立てられた。それが、冬貴の胸の痛みなのだろう。

「こ、こんな……片手間に……っ」

そして続けて洩らされた言葉に、だが久隆は動きを止めた。予想とは違うそれに、一瞬眉を顰める。

「待て。お前、何に怒ってる」

思わず問えば、冬貴が振り返り睨みつけてきた。さすがに涙は浮かんでいないものの、強気な表情とは裏腹にその瞳の色は弱い。

「離せ！　暇つぶしでこんなことをするなら、お前とは二度としない！」

ぴしりと叩《たた》きつけられた言葉に、思わず口元が綻びそうになる。暇つぶしではなく、本気でやれと。光稀の言葉に対してではなく、それについて怒っているというのなら話は早かった。

当然、暇つぶしなわけがない。

そう告げようとした瞬間、ようやく抵抗をやめた冬貴が再び前を向いて俯く。うなじにかかる髪の隙間から覗く肌《はだ》は、頼りなげなほど白い。

「……兄さんには、絶対に勝てない気がする」

「冬貴？」

ぽつりと呟かれたそれに、眉を顰めて問い返す。何に対しての勝敗か。腰を抱いていた手で冬貴の顔を振り向かせ、覗き込む。一瞬合った瞳は、すいと逸らされた。

「自分でも、わからないんだ」

そこまで言って一旦言葉を切った冬貴は、目を伏せたままそっと呟いた。

「兄さんとのことを疑っているわけじゃない。でもいつか、久隆がやっぱり兄さんを選ぶかもしれないとは……思っている」

「おい、それは」

慌ててそれはないと言おうとするが、それはさらに続けられた冬貴の言葉に遮られた。無理に感情を押し殺したような声は、微かに震えているようにも聞こえる。

「久隆が兄さんのことを大切に思っているのは、よくわかる。その上こんな、もののついでみたいにされれば……」

「あー」

どうやら、認識に随分大きなずれがあるらしいことにようやく気づく。もちろん光稜は大切な家族にも等しい人間ではあるが、そこに恋愛感情など毛ほども存在していない。それはあちらも同じだ。

それに、冬貴に対して仕掛けた悪戯は……単に我慢を放棄していただけだ。

（まあ、これからだな）

まだ、出会って一ヶ月だ。久隆の性格も、冬貴との信頼関係も。全てこれから築いていかなければならない。

（その前に、身体に刻み込んでおかないとな）

どれほど久隆が冬貴に対して独占欲を持っているか。それだけは早急にわからせておいた方がいいだろう。

裏を返せば、冬貴の言葉は告白と同義だ。光稜より自分を選んで欲しい。そう言っている。思っていた以上の喜びが湧き上がり、自分自身驚きつつも腕の中の身体を抱きしめ直した。

「誤解させたのは悪かったが、片手間でお前を抱いたことはないぞ。これは単に、俺が我慢できなかっただけだ。そんな格好のお前を目の前にして、のんびり待ってやれるほど人間ができていないからな」

耳元で囁きながら、ゆるりと再び冬貴の中心を扱く。一瞬強張った身体は、けれどすぐに久隆の腕の中に力を抜いて収まった。

「ああやっておけば、光稜も少しは遠慮するだろうと思ってな」

あまり効果は期待できないが、という言葉は胸の中に仕舞っておく。

「それから、一つ言っておく。あっちにも好きなやつはいるぞ。もちろん俺じゃない」

「え?」

驚いたように冬貴が目を見張る。白くほっそりとした首筋を舌で辿れば、小さな喉声《のどごえ》が聞こえた。甘い声に、ゆっくりと理性が溶かされていくのがわかる。

「何度でも言うが、あいつは家族みたいなものだし、恩人だからな。幸せになって欲しいし大切な人間だ。けどな」

そして首筋の、シャツでぎりぎり隠れる場所に、口づけを落とし強く吸う。綺麗についた跡を満足しながら舌で辿り、再び耳元に囁いた。

「俺自身が幸せにしたいと思うのは、お前だけだ」

「……——っ」

冬貴の身体が、微かに震える。それが快感からではないことを悟り、苦笑を浮かべて目尻に唇を押し当てた。

「泣くな」

「泣いていない!」

久隆の言葉に、冬貴が咄嗟にそう怒鳴る。確かに、そこに涙はない。けれど、小刻みに震える身体が冬貴の感情を如実に表していた。そして、久隆の腕を摑《つか》むその手の強さが。

「愛してるよ」

囁きとともに、久隆は腕の中の身体から最後の力が抜けたことを知った。

◇◇◇

背中に当たる体温が、パジャマ越しでも徐々に上がっていくのを感じる。背後から腰を抱かれたまま、冬貴は嬌声《きょうせい》を飲み込んだ。

「あ……、や……っ」

パジャマの前をはだけられ、中心を扱かれながら、空いた方の手で胸を弄《いじ》られる。二箇所同時に与えられる快感は、強すぎず、弱すぎず、気持ちよさよりももどかしさの方が強い。自分から擦りつけるように腰を動かしてしまいそうになるものの、理性がそれに歯止めをかけていた。

それでも、自分から言葉にして強請《ねだ》るには羞恥と抵抗が強すぎて、訴えるようにかぶりを振ることしかできない。

「どうした、冬貴」

楽しげな声は、今の冬貴の状態を正確に把握している証拠だ。憎らしくなりながら、摑んだ久隆の腕に爪を立ててやる。

だがそんな無言の抗議も、相手にしてみれば猫が爪を立てた程度のものらしい。くすりと耳元で笑う気配がするだけだった。

「く、りゅう……っ、真面目《まじめ》にしない、なら……やめ……っ！」

「誰が真面目にしてないって？　ほら、どうして欲しいか言ってみろ」

ほんのわずか、冬貴の中心を扱く手に力が入る。ん、と声を上げて快感を追おうとするがすぐに元の弱さに戻ってしまう。身体を離そうにも、脚が絡められ広げられているため、逃げることすらできない。

（くそ……、何がなんでも言わせる気だな……）

唇を嚙み、悪戯のように身体を弄り続ける久隆に心の中で文句を言う。そして、こうなったら、と腹を括《くく》り、久隆に「そっちがいい」と告げた。

「ん？」

「そっち……向き、たい……」

「ああ、こうか」

冬貴の意図を悟った久隆が、一度手を止め身体を離す。震えそうになる脚で膝をつき、どうにか久隆と向かい合うように体勢を入れ替える。久隆の膝の上に座るような形になりながら、前から首に腕を回して抱きついた。後ろからされるより、やはり顔が見えるこちらの方がいい。ほっとしながら、久隆の耳元に唇を寄せる。無意識のうちに、身体と久隆に回した腕に力が入る。

「もっと、……もち、よくして……くれ……」

「……っ」

一息に言いたかったが、やはり羞恥に言葉が途切れてしまう。だが、一方で抱きついた身体ごしに久隆が息を呑むのが伝わってきた。

「……って、うわ！」

ぐるりと視界が回り、背中がベッドに受け止められる。気がつけばベッドに仰向《あおむ》けに転がされており、上から久隆がのしかかってきた。

上からの人影にびくりと身体が竦む。だがここ数日で身体に刻み込まれた気配に、すぐに力が抜けた。

「あれだな。中途半端に照れてると、こっちまで恥ずかしくなる」

「……う、るさい！」

にやりと笑った久隆から視線を逸らして横を向く。だが身体は逃げようとせず、重なってきた体温を受け入れる。唇を重ねられ、舌を絡めながらキスを繰り返していると、いつしか互いの昂《たかぶ》りを擦り合わせるように腰を動かしていた。

「ん、……っふ」

脚を絡めるようにしながら身体を擦り合わせていると、不意に久隆の唇が離れていく。快感に霞《かす》んだ視界で目を凝《こ》らすと、一度身体を離した久隆が視界から消える。

「く、りゅ……あ、ああ……っ！」

突如、冬貴の中心が、温かく濡《ぬ》れたものに包まれる。手とは比べものにならない快感に、一気に登りつめそうになるのをどうにか堪《こら》えた。

「あ、やめ……それ……っ」

身体を揺らしながら視線を下げれば、冬貴の膝の間に久隆の頭が見える。卑猥《ひわい》な水音が耳に届き、同時に舌で竿の部分を扱かれた。ぬめった感触は、すでに幾度かされたことがあったものの、どうにも慣れずかぶりを振る。強い刺激に、自分の先端から先走りが零《こぼ》れているのがわかった。

「あ、あ……っ！」

ふと、久隆がわずかに顔をこちらに向け、視線が合う。冬貴のものを咥《くわ》えながら、じっと見つめられ、それだけで体温が上昇する。

「あ、や……だめ、だ……」

目を逸らせず、捕らわれたように久隆の瞳を見つめ続ける。自身が久隆の口腔《こうこう》に出し入れされるその光景は、まるで擬似的に身体を繋《つな》いでいるような感覚をもたらし、自然と腰が揺れた。

「離し……っ」

一層与えられる快感も強くなり、離せと訴える。このままでは久隆に咥えられたまま放ってしまう。腰を捩り、どうにか離させようとしたが、両手で腰をしっかりと捕まえられ逃げることができない。

「ん、あ、あ……離……だめ、だ……いく……――っ‼」

唇と舌で全体を扱かれ、最後のとどめとばかりに舌で先端をくじられた瞬間、堪えきれなくなり自身を解放する。幾度か腰が震え、放ったものを全て久隆の口腔で受け止められた。

そして、最後まで吸い出すようにされ、ようやく唇が離された瞬間、久隆の喉が動くのが視界に入る。

「……の、んだ……？」

「ん？　ああ」

茫然《ぼうぜん》としていると、久隆が何事もなかったかのように、親指で唇の端を拭う。その所作にどきりとしつつも、自分のものを飲まれてしまったという衝撃に、甘い脱力感に身を委ねつつも思考がぴたりと停止した。

「冬貴？」

「……な、そ、飲ん……」

なんと言っていいのかわからず、言葉さえ上手《うま》く出てこない。どうにか押し出した言葉で大丈夫なのかと問えば、何がだと笑われた。

「別に、腹壊すわけでもなし。大丈夫だよ。……気持ちよかっただろ？」

「……っ」

耳朶《じだ》を甘噛みされながら、息を吹き込むように問われ、身体が震える。じわりと頬が熱くなり、馬鹿、と呟いた。気持ちよかったかと聞かれれば頷くしかない。けれど素直に認めるのも癪で、久隆の下肢に手を伸ばした。熱く脈打つものを掌に収め、軽く擦る。

「冬貴？」

「……もっと……、……くれ」

同じ言葉を、先ほどより一層強い羞恥の中で囁く。

直後、久隆の瞳に宿った獰猛な光は、唇を塞がれた冬貴の視界には入らなかった。


「んっ……」

背中に感じる肌の感触と、身体の奥で存在を主張している熱に、冬貴は喉声を上げた。

ベッドの上に俯《うつぶ》せになったまま、腰だけを上げた状態で背後から久隆に貫かれてどのくらいの時間が経ったか。

ここ数日で幾度となく抱かれた身体は、久隆の熱を覚えてしまったのか、一切の抵抗を示さない。繋がったそこも、いつもよりすんなりと久隆自身を受け入れ、柔らかく絡みついている。

「凄《すご》いな、今日は一段と柔らかい」

「馬……っ、言う、なっ」

耳元で、わずかに上がった息とともに楽しげに囁かれる。自覚があるだけに恥ずかしく、先ほどから顔を埋めていた枕に一層強く頬を押しつけた。背後から覆い被《かぶ》さるようにして冬貴の肩口に顔を埋《うず》めていた久隆が、宥《なだ》めるように首筋に口づけを落とす。その唇に笑みが形作られていることが、なおさら羞恥を増した。

あやすような動きで中を軽く擦られ続け、熾火《おきび》のようにじりじりと、けれど高い熱が身体の奥に溜《た》まっていく。いっそ激しければ、攫《さら》われるように自我を手放し、溺れられるというのに。そんなことを思いながら、冬貴は熱の籠もった息をそっと吐いた。

「ん……、も、いい加減……に」

弱く、けれど延々と続く快感は、過ぎれば苦痛となる。自分から動かそうにも、覆い被さっている久隆の身体によって遮られており自由が利かない。そして前に回された手によって冬貴の勃起したものが握られ、先ほどから解放しそうになる度に堰《せ》き止められていた。

「もうギブアップか？　お前の身体が俺を覚えるまで、このままだと言っただろう？　余計な邪推もできなくなるくらいにな」

それに、もっと気持ちよくして欲しいんだろう？　笑い含みで冬貴自身が強請った言葉を繰り返され、反論を封じられる。

襞《ひだ》を擦るように、熱い塊《かたまり》がゆっくりと引き抜かれていく。その動きに、追いすがるように内部が収縮していくのがわかる。そして完全に抜けそうになった時、再びゆっくりと押し入れられていった。

唇を噛んで声を殺しながらそれを受け入れ、動きが止まった隙に再び抗議の声を上げる。

「あ……、明日、立てなく……っ！」

直後、深く入ったものでぐっとさらに奥を強く突かれ、全身に衝撃が走る。先端で感じる場所を的確に擦られ、立て続けに声を上げさせられる。

「あ、あ……っ！」

だが登りつめそうになっても身体は熱を解放できず、とろとろと先走りを零し続けるだけだ。達することのできない苦しさに眉を顰めながら、責め立てるような動きが再び緩やかになると同時に、詰めた息をゆっくり吐いた。

「心配するな、どのみち送迎つきだ。休み明け早々で外出予定もないし、座ってりゃ仕事はできるだろう？」

「ふ、ざける……なっ！」

一向に手加減する様子のない久隆に、思わず止めようと顔を上げかける。だが逆に、その振動によって反射的に後ろに力が入り、熱い塊を締めつけた。

「……っく」

「——っ！」

その一瞬で、身体の中のものがぐん、と一気に大きさを増す。強くなった圧迫感と身体のさらに奥へと先端が当たる感触に目を見開く。背中に触れている身体がわずかに硬直し、直後、息を詰める気配がした。

その小さな、押し殺したような吐息。それが奇妙なほどに身体を刺激し、快感を増す。久隆も感じているのだと。それが直接身体から伝わり、久隆のものを受け入れた場所がうねるように動き始めるのがわかった。もっと欲しい。そう訴えるように、内壁が熱に絡みついていく。

羞恥と快感。それらが混ざり合い、久隆を求める心が止められなくなっていく。もっと強く、溶けてしまうほどの熱を身体に刻みつけて欲しい。そんな衝動に駆られながらも、最後に残った理性が奔放に求めることを押しとどめていた。

「あ、あ……」

やがて堪えきれなくなった身体が小刻みに震え始め、自身でも抑えきれない気持ちに冬貴は恐怖すら感じた。

「も……久隆、たすけ……くれ……」

怖い、と声は音にならない。けれど震えの止まらない身体が、反射的に久隆の身体の下から逃げようとしたのか、無意識のうちに前へといざった。

久隆に抱かれるのは、わけがわからなくなる時もあったが、総じて気持ちがよかった。それは、快感だけでなく久隆に対しての安心感もあったのだろう。

だが、今は怖い。

久隆が、ではなく、自分自身の身体と心が。過ぎた快感の先にあるものが見えそうで、無性に恐怖を感じた。

「おね、が……」

「——ああ、わかった。わかったから、泣くな」

一瞬の沈黙の後、仕方なさそうな声とともに、背後から目尻に唇が落ちてくる。舌先で軽く目元を拭われる感触が優しく、ほんのわずか安心感が戻ってきた。

泣いていない、と。少し前と同じ会話を繰り返そうとした時、顔を埋めた枕がわずかに湿っているのに気がついた。

「全く、お前には勝てないよ」

やれやれとでも言うような、けれど優しさと甘さの混じった声が落ちてくる。と同時に、ずっと締め付けられていた前の手がふっと緩められた。

「久隆……あ、あ……っ！」

「ほら、好きなだけ……達け」

唐突に、身体を起こした久隆が激しい突き上げを始める。逃げそうになる腰をしっかりと掴み、ぐいぐいと突き上げられた。一変して、身体の中が攪拌《かくはん》されるような動きに、なすすべもなく身悶《みもだ》え声を上げる。

「あ、や、ああ……──っ」

欲しかったものが与えられた充足感と、前を堰き止めるものがなくなったことへの解放感。好きな相手から身体を支配されることへの微かな抵抗と、一つになる喜び。

幾つもの感情が、激しい奔流となって冬貴の意識を押し流す。そんな中で、お前には勝てないと、そう告げた声に混じった優しさに縋るように、喘《あえ》ぐ声の中、久隆の名を呼び続けた。

そして急速に頂点へと導かれながら、冬貴は最後の階《きざはし》を登りつめると同時に、意識を手放した。

◇◇◇

「あ……」

ふっと意識を取り戻した冬貴の脳裏に、懐かしい記憶が過《よぎ》る。ずっと昔、兄の篤紀から、誕生日に万年筆を貰ったことがあった。その時の光景だ。

『冬貴が大きくなっても使えるように、大事にな』

そう言って渡されたそれに、確か変わった模様が刻まれていたのだ。花をモチーフにしたような、複雑な模様。

「あれか……」

「大丈夫か？」

ぽつりと呟けば、いつの間にか仰向けに横たえられた身体の上から、久隆が覗き込んでくる。ゆるゆると視線をやれば、甘さを含んだ瞳が柔らかく細められた。

「思い出した」

「ん？」

何がだ、と首を傾けた久隆に、冬貴は思い出したんだ、ともう一度繰り返した。

「あの、カフスの模様。どこかで見たことがあると思ったんだ。昔、篤紀兄さんから誕生日に貰った万年筆にあれと同じものが刻まれてる」

その言葉に、久隆の眉が訝《いぶか》しげに顰められる。

「似てるだけじゃないのか？」

冬貴の隣に自身の身体を横たえたまま、久隆が冬貴の前髪を掻《か》き上げる。恐らく意識を失っていたのは少しの間だったのだろう。身体には快感の名残《なごり》が残っており、まだ熱を孕んでいる。

「そうかもしれない。だが、同じような気がするんだ」

あの模様を見た時に感じた、奇妙な既視感。同じだという思いは確信に近かった。

「どういうことだ？」

「わからない……」

どうして、兄があの模様を知っていたのか。

父によれば、二人とも劉家のことは知っていたらしい。結婚前に母からそのことを打ち明けられ、それを承知の上で父は結婚したのだそうだ。そして兄は、万が一トラブルになった時のためにと、十八歳頃に父が話したのだという。

もしかしたら、何かの折りに一族に渡されるものの話を聞いたのかもしれない。

「まあ、可能性がないわけじゃない、か」

久隆の言葉に、小さく頷く。兄と母の接点はあまりなかったものの、母から電話がかかってきた時は代わることもあったし、全くなかったわけではない。

母が亡くなった後に聞いた話では、兄が大学生になってからは父の代わりにひそかに母の様子を見に行っていることもあったらしいので、母から何か聞いた可能性もある。

「でも、どうして……」

冬貴に、それを贈ったのか。今ではもう聞くことのできない疑問に、久隆が「それは簡単だろう」と微笑んだ。

「え?」

「お前に、きちんと向こうとの繋がりも残したかったんだろう? 何一つ奪うことなく」

母親が自らの意思で断ち切ったものは、けれど冬貴にとっては自らに繋がるものとなる。それを繋ぐも断ち切るも、冬貴自身に選ばせたい。

そういうことじゃないか? さらりとした久隆の言葉に、喉の奥に熱いものがこみ上げる。もしも本当にそうならば、自分はどれほど恵まれているのだろうか。言葉に出せば陳腐になってしまいそうなそれを、ぐっと飲み込み唇を噛む。

真実はわからない。たとえわかったとしても、礼を言うこともできない……いや、できたとしても笑ってはぐらかされるだろう。

ならば、せめて。

自分が色々なものから護られてきた分、今度こそ、自分がこの人を護ろう。二度と、失わないように。

「……ずっと……」

「ん?」

そうして囁いた冬貴の言葉に、再び顔を覗き込んできた久隆の方へと手を伸ばす。首筋に腕を回して抱きつくと、肌に触れた温かな体温にそっと目を閉じた。

「――……」

ひっそりとした呟きは、久隆の優しい口づけに飲み込まれるように、ひそやかに消えていった。

束縛のくちづけ

「っと。篠塚《しのづか》さん、大丈夫ですか？」

店を出て会社の同僚達が出てくるのを待っていると、後ろから歩いてきた酔っぱらいに肩をぶつけられ、わずかに足がふらつく。咄嗟《とっさ》に伸びてきた腕に身体《からだ》を支えられ、同時にかけられた声に、篠塚冬貴《ふゆき》は頷《うなず》いた。肩に回された腕から離れると、きちんと自分の足で立つ。

「すまない、少し飲み過ぎたようだ」

「いえ。そういえば、ちょっと赤くなってますよね……帰れますか？」

「ああ、問題ない。気分が悪いわけじゃないからな」

心配そうに問われ、さすがにそこまでは酔っていないと苦笑する。

幾らか年下の男――芳野《よしの》は、冬貴の下で幾つかの会社を担当している営業部の同僚だ。以前は、異動してきたばかりで自身より上の立場となった冬貴にどことなく反発心を持っているような雰囲気だったたが、ここ最近は、よく話しかけてくるようになっていた。

「芳野君、ここのとこ随分篠塚さんに懐いてるよね」

からかうように横から声を挟んできたのは、こちらも最近よく話すようになった女性の同僚――立花《たちばな》だった。冬貴より一年後の入社で芳野のメンターだったらしく、部内でも比較的親しいようだ。

「なんだよそれ、別に俺は……」

「だって最近、篠塚さんの話ばっかりしてるじゃない。あ、篠塚さん、心配しないでくださいね。悪い話じゃなくて、逆ですから。最初の頃とは大違い」

「おい！」

後半は冬貴の方に向けてそう言い、立花が朗らかに笑う。そして、話のネタにされた芳野は、決まり悪そうに声を上げて楽しげな暴露話を遮ろうとしていた。

何と返せばいいものか。こういった状況に慣れていない冬貴は、とりあえず話を流すように、二人に向けて曖昧《あいまい》に笑う。変に答えて話を引き延ばせば芳野もいい気がしないだろう。

（それにしても、本当に、最初の頃とは随分変わったな）

何がきっかけだったかと言われれば、芳野が担当している会社との間で起こったトラブルだろう。相手側の担当者と多少揉《も》めはしたが、結局、冬貴と部長が責任者として謝罪し無事に解決した。ただ、それでどうして態度が変わったのかはいまだによくわかっていない。冬貴にしてみれば、いつもと同じように仕事をしただけなのだ。

「にしても、今日、篠塚さんが来てくれてよかったです。飲み会とか、あまりお好きじゃないかなって思ってたので」

芳野をからかうのに一区切りつけた立花が、にこにことこちらに話を向けてくる。

今日は遅ればせながらの冬貴の歓迎会という名目で、営業部の幾人かが誘ってくれたものだった。部内全体の形式的なものでないそれは、同年代のフランクな集まりで、冬貴も比較的楽しんで飲むことができた。

会社のトップの息子、という冬貴の立場上、これまで社内でのこういった席に誘われることは少なかった。酒の席での愚痴を、経営者側の人間には聞かせたくなかったのだろう。冬貴もまた、飲み会の雰囲気自体に馴染《なじ》めず誘われても断っていたのもある。

今日参加したのは、自分のためにと開かれたものであることと、先日、ある男に言われた言葉を思い出したからだ。

『もう少し周囲を見てみろ』

協調性が全くないとは思わないが、自身がどこか浮いた存在であり、そこから動こうとしていなかったのも否めなかった。男のアドバイス通り、できるだけ笑う——といっても、表情を柔らかくする程度だが——ように心がけてみると、立花や芳野のように好意的に話しかけてくれる人間が増えた。そのこともあり、もう少し周囲に溶け込む努力をしてみようと思ったのだ。

「いや。あまり参加したことはなかったが、今日は楽しかった」

「本当ですか⁉　じゃあまた誘ってもいいですか？」

「ああ。ただ、酒はさほど強くないから、ほどほどで」

苦笑しながら告げれば、横から芳野が心配そうに眉《まゆ》を寄せて声をかけてくる。

「やっぱり、俺、送りましょうか」

「そうですね。篠塚さん、ちょっと顔赤いですし。すみません、調子にのってお酒勧めちゃって」

　酒が強くない、という冬貴の言葉に、立花が申し訳なさそうにする。勧めた、と言っても、強要していたわけではない。単純に、注文しやすいようにおかわりはどうかとこまめに聞いてくれていただけだ。決して迷惑などではなかった。

「女性じゃあるまいし、そこまで心配しなくてもいい。自分の酒量はわかっているし、帰れないほどには飲んでいない。それに……」

　ふと視線を二人から逸《そ》らすと、近くに見慣れた男の姿があった。視界の端にその姿を見つけ、再び視線を戻して続ける。

「帰りは、知り合いに車で送って貰《もら》うことになっているから……」

「あ！　もしかして、いつもの送迎の人ですか？」

「……え？」

　明るい声にぎょっとして立花を見ると、あれ、と戸惑ったようなものに変わる。

「もしかして、秘密でした？　結構見かけてる人いたから……すみません」

「俺も見かけたことありますよ。あそこに立ってる人、ですよね」

　どこか不満げな声の芳野に視線で示され、ああ、と苦笑する。

「隠しているわけじゃないから気にしないでくれ。家の都合で必要だったから、しばらく頼んでいるんだが、そんなに見られていると思わなくて驚いただけだ」

「篠塚さん、色んな意味で注目度高いですから。あ、じゃあここで解散するみたいですし、これで。お疲れ様でした！」

「あの、篠塚さん……」

「ん？」

手を振って駅の方に向かう立花に「お疲れ様」と返していると、隣で芳野が何か言いたそうな顔で声をかけてくる。それに首を傾げると、一瞬言葉を詰まらせた芳野が「いえ」と首を横に振った。

「お疲れ様です。帰り、気をつけてください」

念を押すようなそれに、大丈夫だよ、と返す。一礼して駅の方に向かう芳野の背を見送っていると、背後から声をかけられた。

「さて、帰るか？」

その低く落ち着いた声に振り返ると、冬貴は微笑《ほほえ》みながら頷いた。


「遅くまで待たせて、悪かったな」

しんと静まりかえった部屋に入ると、冬貴は振り返り、後ろからついてきている男——久《く》隆義嗣《りゅうよしつぐ》に告げた。いつものように部屋の中を確認していた久隆は、冬貴の方を向くと、別

に と肩を竦《すく》めた。

「俺はお前のボディーガードだ。それが当然なんだから、気にしなくていい」

「だが、仕事ならともかく、飲み会だったし……」

「職場の飲み会は、半分仕事みたいなものだろう。それに、仕事だろうがプライベートだろうが一緒だ。それよりほら、先に風呂に入ってこい」

促され、現在自室として使っている和室へと入る。冬貴がばたばたしている限り、久隆も休めない。早く風呂に入ってしまおうとスーツを脱ぎ、自身に残るアルコールの匂《にお》いに眉を寄せた。

(久々だったから、飲み過ぎたかな)

なんだかんだと勧められて杯を重ねていたため、いつもよりは飲んだ自覚がある。足下が覚束《おぼつか》なくなるほどではないが、ふわふわとした心地よさはあった。

脱いだ上着を洋簞笥《ようだんす》の中に仕舞い、風呂場へと向かう。帰る時間を伝えていたため、風呂は本家で働く家政婦からわかしてあると言われている。

ホテルでの警護期間が過ぎた後、冬貴は借りていたマンションをそのままに、久隆とともに実家へ戻ってきていた。今住んでいるのは、実家の離れにあたる建物だ。来客用として使っているそこは一通り生活できるようになっており、居間とは別に二部屋あるため、二人で使っても別段狭くはなかった。

といっても、あくまでも一時的な仮住まいとして、だ。

久隆が冬貴の護衛として日本に残ることになり、まず最初に住む場所の問題が浮上した。住むにしても冬貴の近くにいなければいざという時に困る、という名目で久隆が提案してきたのは、二部屋続きで部屋を借りるというものだった。

『俺は別に、一緒でいいんだが。お前が、父親に話すのに困るだろう？』

笑いながら言われたそれに、確かに、と冬貴は唸《うな》った。久隆が香港《ホンコン》の実家から寄越された護衛であることを父親が知っているとはいえ、一緒に暮らす理由としては弱い気がする。

セキュリティ面でも、もう少ししっかりしたところに引っ越した方がいいと言われ、特に住む場所にこだわらない冬貴は、部屋探し諸々を久隆に丸投げする形で了承した。下手に自分が口を出すより、慣れている人間に任せた方が早いと思ったからだ。

そして条件に合う部屋が見つかるまで、こちらは父親である雅之《まさゆき》の提案で、一時的に実家に戻ることになったのだ。色々と心配をかけてしまったこともあり、少しの間だけでも近くにいて父親を安心させたいという気持ちもあったため、異論なく頷いた。

ただ、実家に戻ったら戻ったで面倒なことは多々あるのだ。

普段家にいる家政婦や頻繁に出入りしている和久井《わくい》親子は、総じて冬貴に対して好意的なため居心地自体は悪くない。単純に、冬貴のことをよく思っていない親戚達があれこれと口を出してくるのがわずらわしいのだ。働き始めてから家を出ていたのに再び戻ってきたことで、跡を継ぐのかと警戒されているのだ。

『篠塚の家は、正当な人間が継ぐべきです』

一番そう強く言い続けているのは、父親の妹にあたる叔母《おば》だった。父親と冬貴に血の繋《つな》がりがないことは知らないはずだが、素性を明かそうとせず冬貴だけを篠塚に押しつけた形になった母のことを、一番嫌っていた人だ。

兄、篤紀《あつのり》が亡くなった後、三人いる自分の息子達の誰かを養子にして跡を継がせるようにと、再三にわたり父親に申し入れているのも知っていた。父親は冬貴の耳に入れないようにしてくれていたが、叔母本人が面と向かって言ってくるのまでは防ぎきれなかったのだ。

「跡継ぎ、か」

冬貴自身は、篠塚の家を継ぎたいという気持ちはない。自分に篠塚の血が流れていないと知っているから、なおさらだ。

父親は、家のことに関しては冬貴の好きにすればいいと言ってくれている。継いでくれるなら嬉しいが、冬貴にとってはわずらわしいことも多いだろう、と。ただ、血の繋がりのことで冬貴が遠慮をしなければならないことは何一つないと、それは、先日母親の実家の件がわかった時点で父親が言ってくれた。

『お前が私の息子であることに、変わりはない。法的にもそうなっているんだから、お前が篠塚に対して後ろめたく思うようなことは、何もない』

それだけは、覚えておきなさい。そう言ってくれたのだ。

(色々あったが、家族には恵まれているな)

自分の出自について母親から聞いた時、悩まなかったといえば嘘《うそ》になる。だが、父と兄が家族としてかけてくれる愛情は疑いようもなく、疎外感はなかった。だからこそ冬貴は、その気持ちに報いるために、兄の分も父親を支えていきたいと思ったのだ。

風呂から上がり、居間でノートパソコンに向かっている久隆に声をかける。入れ替わりで風呂に向かう久隆から、水分をとっておけと釘《くぎ》をさされて苦笑した。

どうにも自分の周りには、過保護な人間が多い気がする。

そんなことを思いながら、台所に行きミネラルウォーターのペットボトルを冷蔵庫から取り出すと、居間へ戻った。部屋の中央に置いたソファに腰を下ろすと、ほっと息をつく。

ダークブラウンの木枠と濃緑のクッションでできたこのソファは、まだ兄が生きている頃から使っているものだ。一緒にここに座って遊んだり、昼寝をしたりした。

元々この別棟も、兄や自分のために父が建ててくれたものだった。実家は、篠塚本家ということもあり昔から人の出入りが多く、受験勉強などにも差し障《さわ》るだろうから、と。そして同時に、訪ねてくる親戚達から辛く当たられている冬貴の逃げ場所を作ってくれたのだ。

兄が亡くなってからは、一人でここを使う気にもならず客用にしていたが、こうして久々にここでゆっくりすると懐かしい思い出が蘇ってくる。

「どうした、ぼんやりして」

気がつけば、随分と思い出に浸《ひた》っていたらしい。かけられた声に我に返ると、風呂から上がってきた久隆が傍《そば》に立っていた。持ったまま蓋《ふた》を開けていなかったペットボトルを取り上げられると、微《かす》かな音が耳に届く。ほら、と蓋を取って手渡され、苦笑とともに受け取った。ほどよく温《ぬる》くなった水を飲むと、喉《のど》が渇《かわ》いていたことに気づく。三分の一ほどを一気に飲み、ふうと息をついた。そのままテーブルに置こうとすると、隣に座った久隆の手が横から伸びてくる。飲みかけのそれを久隆が飲み、さらに半分ほどの水がなくなった。

「別に……久々にこの部屋を使ったからか、色々思い出していた。元々、子供部屋だったからな、ここは。兄さんと二人で使ってた」

「豪勢な子供部屋だな……まあ、あの親戚からの避難場所にはちょうどいい場所だが」

何かを察したような指摘に、答えは返さず苦笑する。

「悪かったな。久隆にまで嫌な思いをさせて」

「別に、あれくらい痛くも痒《かゆ》くもない。俺も言わせて貰ったしな。にしても、香港も相当なものだが、ここはここで大概だな」

呆《あき》れたような久隆の溜息《ためいき》の原因は、実家に戻ってきた数日後の出来事だった。偶然、父親に電話をかけてきた叔母からの電話を、冬貴が取ったのだ。一時的に帰ってきたことを告げたせいか、その翌日の夜、父親がいない時に叔母が訪ねてきた。

主な用件は、自分の子供を養子にするよう冬貴から雅之に勧めろというものだった。どうやら、父は叔母の話をにべもなく切り捨てているらしい。全く話が進まないことに業《ごう》を煮やし、その上、冬貴が実家に戻ってきたことで焦ったのだろう。

それだけならよかったのだが、冬貴のみならず客人として紹介した久隆にまで文句が飛び火してしまったのだ。ほどなく出かけていた父親が戻ってきたため、叔母はすぐに帰ったものの、久隆には不快な思いをさせてしまい申し訳なかった。

『……あの人の実家の方が、どうしてここに？　それに家の者がいない間に家の中を歩き回るのは、非常識じゃありませんか』

父はそんなことを気にする人ではないし、そもそも冬貴が一緒にいる、という理屈は叔母に対しては通じない。母親に縁のある人間として明らかに敵視された久隆は、ことを荒立てないよう「申し訳ありません」と流してくれた。

『非常識な方のお身内は、やはりみなさん同じなんですね。冬貴さんも、家に戻るのなら、ご自分の立場をわきまえなさい。篤紀さんが生きていたのならともかく、あなたは篠塚の家にふさわしい血筋じゃないんですから。この家のものは、何一つあなたのものにはなりませんからね』

自身の兄であり当主である雅之の前では、叔母もここまで露骨なことは言わないのだが、冬貴しかいない時は大体がこんなものだ。冬貴自身は慣れているため、半ば聞き流していたのだが、久隆には居心地の悪い思いをさせて申し訳なく思っていた。

当の久隆は、あまり表情は変えていなかったものの、心底呆れたといった色が瞳に表れていた。ただ、冬貴の立場を考えてか、何も言わずに聞いてくれていた。

だが、叔母の文句が　区切り着いた瞬間、久隆の顔に浮かんだ優しげな笑顔に激しく嫌な予感がした。

そして、残念なことにそれは的中したのだ。

『色々と誤解なされているようですから、お教えしておきましょうか。冬貴さんの母方のご実家は、この家よりもさらに古くから続く名家です。あいにく、雅之氏以外にお教えすることはできませんが、これ以上ないほど身元は確かですよ』

そして、それに、と続けた。

『冬貴さんにとって、働かなくても生きていけるほどの資産を手にすることは、難しいことではありません。跡継ぎにふさわしいかどうかは置いておくとしても、遺産が、と騒ぐその発想自体が、自分の本心をひけらかしていると、そろそろ気がつかれたらどうですか』

あくまでも柔らかな口調と表情に、一瞬、叔母は何を言われたかわからないという顔をしていた。だが、言われたことの意味を把握した瞬間、顔を真っ赤にして侮辱されたとわめき立てたのだ。

（よくあれだけの文句が出てくるものだ……）

その時の光景を思い浮かべると、今でも頭痛がしそうになる。久隆も、帰ってきた雅之に対しては頭を下げていたが、父は父で、話を聞いて苦笑していた。

『いや、失礼をしたのはこちらだよ。お恥ずかしいところをお見せして申し訳ない。冬香《ふゆか》や冬貴のことを悪く言われたのなら、当然のことだ。久隆さんが頭を下げることはない』

そう言って逆に頭を下げた父に、久隆は、培《つちか》ってきたものがある家はどこも似たようなものですよ、と笑った。恐らくそれは、香港の家のことを言っているのだろう。

冬貴などは、聞き流していればいい気楽な立場だが、やがて当主の座を継ぐことが定められている、実兄の光稜《グァンロン》などはそうもいかないはずだ。

「そういえば、聞きそびれていたが……。どうして、私が働かなくても生きていけるだけのものを手にするのは難しくない、なんて言ったんだ？」

冬貴は、篠塚の遺産を貰う気はない。それは久隆にも以前話したことがある。同様に、母方の実家からも何かを貰おうとは思っていない。ならば、なぜ。

「ああ、簡単だ。お前なら、遺産なんぞなくても、その気になればそのくらい自分で稼げるはずだからな」

「……どうして」

訝《いぶか》るように問えば、久隆が持っていたペットボトルをテーブルの上に置き、冬貴の背に腕を回すような形でソファの背もたれに腕をかけた。

「強《し》いて言えば、血筋、だな。光稜もそうだが、劉《リュウ》家の直系――特に当主には代々そういった能力がある。直感を、外さない」

「直感……」

「自身を……そして、家を生かすための道。それを選ぶことに長《た》けているからこそ、劉家は長い間香港で生き延びてきた。光稜とお前と、形は違っても、必要なものを選び取る力は同じだけあるはずだ」

「……選び取る、力」

心当たりはないか、と聞かれ、押し黙る。ない、と言いたくはあったが、全くないというわけでもなかったため、答えようがない。これまで運がよかったと思っていたのは、多少なりともその能力が関係していたのだろうか。

冬貴の微妙な表情がわかったのだろう。久隆がこちらを見て楽しげに口端を上げる。

「……――大学の頃、兄が一時期株をやっていたことを思い出して、真似してみたことがあったんだ。将来、何かの役に立つかと思って」

その一言に、久隆が軽く目を見張る。わずかに逡巡した後、隠すことでもないかと溜息をついた。

「わりと、向いていたらしくて……」

「ああ、そりゃそうだろうな。で？」

「卒業前にやめて、手元に残ったものは全て売って全額寄付しようと思っていたが、和久井に止められて……半分は残して、会計士の友人に管理を頼んでいる」

「お前、どれだけ荒稼ぎしたんだ」

苦笑した久隆に、それだけじゃないと言い訳するように続けた。

「そいつが資産運用を始めたら、いつの間にか増えていたんだ」

折角任せてくれるのならとはりきった友人がやってみていいかということを全て了承していたら、報告書が来る度に着々と増えていた。仕事の丁寧さは知っていたため、安心して丸投げしていたのだが、まさかそんなことになるとは思わなかったのだ。

参考までに、どの程度なんだと聞かれ、詳細は口にしなくとも大体で例を挙げたら久隆が腹を抱えて笑い始めた。

「笑うな！」

「お前、それ本気で働かなくても食っていけるじゃないか」

「俺は、父の会社で働くと昔から決めていたんだ。何かあった時に残しておけと言われたから、一応はとっているが。自分の生活は、自分が働けばやっていける。だからその金は、いつか何かの形で誰かの支援や援助に使おうと思っている」

「ああ、いいんじゃないか。もしくは、いっそお前が会社を興《おこ》せばいい」

軽口のような提案に、いや、と首を横に振る。

「私には、上に立つ器量はない。父のように、人を束ねていける度量もな」

「そうでもないさ。やり方は人ぞれぞれ。お前には、十分人を惹《ひ》きつける力がある」

断言した久隆が、すっと目を細める。

「今日の帰りも、お前の後輩だっけ？　あの犬みたいなやつが、いっちょ前にこっちを牽制《けんせい》してきてやがったしな。随分懐かれてるじゃないか」

「犬……ああ、芳野か？」

「油断して、襲われるなよ？」

「馬鹿を言え」

何を言っていると溜息をつくと、いや、と久隆が本気なのか冗談なのかわからない、けれど笑みのない瞳でこちらを見据《みす》えてきた。真《ま》っ直《す》ぐなその視線にどきりとしていると、背もたれにかけてあった腕が、冬貴の肩に回された。ぐいと引き寄せられ、顔が近づいてきたと思った瞬間、口づけられた。

「ん……」

柔らかな唇の感触に目を閉じると、そのまま深く合わされ口腔《こうこう》に舌が差し入れられる。ゆったりとした動きで互いの舌を絡め、その心地よさに身を任せていると、ぐらりと身体が傾ぎソファへと仰向けに横たえられた。ソファの端に置いたクッションを枕にした冬貴は、上から覆い被さるようにして口づけを続けてくる久隆の身体を受け止める。

以前は、こうして上から人の気配がすると相手が誰であれ反射的に身体が竦んだが、今はそれが久隆だとわかっていれば、身構えることもなくなってきている。一度キスを解《ほど》かれ覗《のぞ》き込まれると、冬貴が怯えることなく受け入れたことがわかったのだろう、久隆が優しく目を細めた。

「……まさか、ここでするのか？」

「たまには気分が変わっていいだろう？」

返ってきた楽しげな声に、眉間《みけん》に皺《しわ》を刻む。

「ソファが……」

汚れる、とはっきり言いにくく言葉を濁せば、任せておけと意味のわからない答えを返される。そのままパジャマの上から胸に手を這《は》わされ、意味がわからないと言おうとした声を飲み込んだ。

「ん……」

再び唇を重ね、キスを繰り返しながら、布越しに胸の先端を親指の腹で捏《こ》ねられる。素肌に直接触れられるよりも柔らかな刺激に、もどかしさを感じながら身を捩《よじ》った。

舌を搦《から》め捕《と》られ、久隆の口腔に引き込まれると、甘噛《あまが》みするように歯を立てられる。軽い痛みはじんと身体の中を通り抜け、下肢《かし》に熱を溜めていった。

やがて胸を弄《いじ》っていた手が下へと下がり、冬貴の中心へと伸ばされる。布越しに前を掌《てのひら》で包まれると、自身がすでに硬く張り詰めているのがわかり、羞恥《しゅうち》とこれから与えられる快感への予感でふるりと身体が震えた。

「は、ふ……」

口づけが解かれ、久隆が首筋へと顔を埋《うず》める。軽いキスを落としながら、時折強く肌を吸われ、ちり、と軽い痛みが走る。直後、服の上から握られた冬貴自身を扱《しご》かれ、咄嗟に腰を逃がそうとしてしまう。

「あ、やめ……っ」

上半身だけを横たえた身動きの取りにくい体勢で、しかもパジャマ越しの刺激に、上り詰めることもできず熱だけが身体に籠《こ》もっていく。いつの間にか久隆の頭が冬貴の胸の辺りまで下がっており、先ほど指で弄っていた左胸の先を服の上から舐《な》められ、吸われた。

「ふ、あ……久隆、やめ……っ」

ぴちゃぴちゃと聞こえてくる水音と、濡《ぬ》れた布が身体に張りつく感触。久隆の手により刺激を与えられ続けている自身も、先走りを零《こぼ》し下着を濡らしているのがわかる。けれど、達するには至らない。じりじりと与え続けら得る弱い快感に、身体に籠もった熱を吐き出すこともできず、冬貴は身悶《みもだ》えながら首を横に振った。

「久隆、それ、やめ……」

「汚すな、と言っただろう。これなら幾ら達《い》っても汚れない」

くすりと、耳元に唇を寄せた久隆が耳朶《じだ》を舐めて声を吹き込んでくる。

「ん……っ」

そういう意味じゃない、と反論しようとした言葉は、耳朶を舌でなぞられ封じられる。ぴちゃりと頭に直接吹き込まれるような水音すら刺激になり、久隆に扱かれている中心を掌に押しつけるように腰を浮かせた。

「久隆……っ」

咎《とが》めるような声に、くすりと小さく笑う声が聞こえてくる。ちゅっと頬《ほお》に軽いキスをされ、いたずらはこのくらいにするかと久隆が身体を起こした。そのまま冬貴の両肘《りょうひじ》を持ち、一緒に身体を起こさせる。

「遊ぶだけならどけ、風呂に行く」

精一杯の非難をこめて睨《にら》みつけるが、与えられた中途半端な快感で、頬が上気し瞳が潤んでいるのが自分でもわかる。案の定、全く迫力がなかったのか、久隆が楽しげな様子で「悪かった」と謝ってくる。

「真面目にやるから、やらせてくれ」

言いながら、久隆が起き上がり、ソファを離れると別の部屋へと向かう。普段布団を敷いているそこに何をしに行ったかはわかったため、自分もそちらに向かおうと身体を起こしたところで再び久隆が戻ってきた。

「……やっぱり、ここでするのか？」

不満げに問うと、手に持ったものをテーブルの上に置いた久隆が笑う。

「嫌なのか？」

そして再びソファに座った久隆が、冬貴の身体を引き寄せる。久隆の膝《ひざ》の上に正面から向かい合うようにして座らせられ、パジャマの下だけを下着ごと脱がされていく。久隆の首に腕を回しながらその手を受け入れた冬貴は、そういうわけじゃないが、と口ごもりながら返した。

この場所が絶対に嫌なわけではないが、幼い頃の思い出が詰まったここでこんなことをすると、思い出に浸った時に余計なことを思い出しそうなのだ。

「これなら汚れないからいいだろう？」

そう問われ、不承不承《ふしょうぶしょう》頷いてみせる。そうして久隆の手に促されるままソファの上に膝立ちになると、自ら久隆の唇にキスを落とした。久隆と肌を合わせること自体が嫌なわけではない。心の中で兄の篤紀に謝ると、再び与えられる快感に身を任せた。

久隆の手が後ろに触れると同時に濡れた感触が広がり、先ほど持ってきた潤滑剤が塗《ぬ》られたことがわかる。一瞬ひやりとしたそれは、だがすぐに冬貴と久隆の体温で肌に馴染んでいく。

ゆっくりと指が後ろに含まされ、身体の内側を撫《な》でられる。久隆にしがみつくようにして身体を支えながら、何度されても最初だけは感じてしまう違和感をやり過ごした。

「……っ、ん」

身体から極力力を抜き、徐々に身体の奥へと進んでいく指の感触を追う。粘膜がざらりとしたものに擦《こす》られていると、違和感が薄らぎ、やがてそれが快感へと変わっていった。

ゆっくりと指を抜き差しされ、増やされ、後ろがほぐされていく。三本ほど指を受け入れた頃には、冬貴の前からはとろとろと先走りが零れ、冬貴と久隆の脚《あし》を濡らしていた。

「も、いい……久隆……」

「そろそろいけるか？」

いいながら、そっと後ろから指を抜いていく。中にあったものを引き留めるように内壁が動くのがわかり、羞恥に顔が熱くなる。だがそれよりも、もっと確かな熱が欲しくて、しがみついた腕に力を込めた。

「冬貴」

促され、そろそろと身体を離し、久隆と視線を合わせる。優しく細められた瞳にどきりとし、自ら久隆の下肢に手を伸ばすと、ズボンの前を下ろし、冬貴のものと同じく力を蓄えたそれを取り出した。昂《たかぶ》ったそれを握ると、ゆっくりと自身の後ろへと導いていく。

「そう。それでいい。そのまま腰を落とせ……」

先端が入口に触れたところで、感じた熱に腰が震える。ゆっくりと久隆を飲み込むように腰《こし》を落としていくと、腰骨の辺りに両手を添えられた。

だが、指とは全く違う圧迫感に、途中から腰が下ろせなくなってしまう。それ以上動こうとすると腰に力が入り、一層飲み込むのが難しくなっていく。そんな悪循環に内心焦っていると、不意に腰を掴《つか》んでいた久隆の片方の手が、脇へと上がっていった。

「……っ、ああ……っ！」

脇をくすぐられ、身を捩ったと同時にかくんと膝から力抜ける。その一瞬で久隆のものを全て飲み込んでしまい、衝撃に頭の中が真っ白になった。ぎゅっと中を締め付け、頭上から微かに息を呑《の》む音が聞こえてくる。

ようやく落ち着いて息を吐いた時には、自分が今ので達してしまっていたことを知った。視線を落とせば、久隆のパジャマが汚れており、かあぁっと頬が熱くなる。

「わ、るい……服……」

「馬鹿、謝るな。入れただけで達ったなんて、光栄の極みだ」

楽しげに額《ひたい》から鼻筋、頬へと啄《ついば》むようにキスを降らせてきた久隆に、顎《あご》を掬い上げられるようにして口づけられる。

「ん……」

口腔と、身体の奥。その両方に他人の熱を感じる。与えられる熱にこれほど心が満たされるのだということを、冬貴は久隆と出会うまで知らなかった。相手が男だというそれは、すでにたいした問題ではなくなっている。

互いに欲しいと思う相手と身体を重ねることは、身体の快感以上に心が満たされる。久隆にとって、誰よりも近い場所に行ければいい。そんなことを考えながら、いまだ硬く熱いものを身体の中で締め付けた。

「久隆、も……」

一番奥まで、この熱を与えて欲しい。言葉にはできないまま、口づけでそれを伝える。

声のない言葉を正確に受け取ってくれたらしい久隆が、重ねた唇に笑みを刻み、そのまま強く突き上げてくる。唐突に与えられた快感に声を上げ、腰を両手で支えられたまま背筋を反らした。

「……あ、や……っ！」

「……っ、冬貴、そう……腰、揺らして……」

促されるまま、躊躇《ためら》いがちに腰を揺らすと、それに合わせて身体の奥を蹂躙《じゅうりん》される。熱の塊《かたまり》に感じる部分を擦られ、一度達して萎《な》えていたものが再び力を取り戻していく。

腰を強く引き寄せられ、一番奥を先端で何度も擦られる。そのたびに久隆自身が嵩《かさ》を増し圧迫感が強くなっていく気がして、冬貴はかぶりを振りながら嬌声《きょうせい》を上げた。

「も、そこ嫌だ……や……」

一度放埒《ほうらつ》を迎えたにも関わらず、またすぐに頂点まで押し上げられていき、身悶える。再びパジャマの上から胸の先に唇を寄せられ、強く吸われるようにして刺激が与えられた。やがて歯の先で軽く噛まれ、その痛みが快感へと繋がっていく。

「あ、あ、ああ……――っ」

ずん、と身体を一気に落とされ、同時に強く突き上げられる。最奥《さいおう》を突かれると同時に冬貴のものが限界に達し、同時に内壁が久隆のものに絡みつくように蠢《うごめ》く。引き絞ったそれにつられるように耳元で小さなうめき声が聞こえ、身体の奥に熱が放たれる。幾度かに渡って濡らされる感覚に、身体が震え、ぎゅっと子供のように久隆にしがみついた。

膝が震え、力が入らない冬貴の脚を、優しい手つきで撫でてくれる。

「懐かれるのはいいが、この顔は、俺以外に見せるなよ」

そうして耳元で囁《ささや》かれた声に、冬貴は呆れながらもくすりと笑い、久隆の耳元に唇を寄せた。

心配なら、ずっと傍で見ていろ。

驚きに彩られた久隆の表情に、少しだけ溜飲を下げながら、冬貴は笑みを刻んだまま再びその唇へと口づけた。

あとがき

こんにちは、または初めまして。杉原朱紀です。この度は「傲慢な誓約」をお手にとってくださり、ありがとうございました。

まさかの文庫化に、びくびくしている今日この頃。今回のお話は、デビュー前に書いた同人誌が元になっております。

改めて読み返したら、色々と頭を抱える部分が多く、全部書き直した方がいいんじゃないかという衝動と戦う方が大変でした。元の形は残しつつ、あちこち足したり引いたり直したりでどうにか収めましたが。昔書いたお話は、本気で心臓に悪いですね。一番の恐怖は、ろくなプロットが残っていなかったことでしょうか……どうやって書いていたのか。

ついでにファイルを掘り起こしていたら番外編で出した短編も見つかったので、こんなのあったんですが……と送ってみたら、一緒に載せていただけることになりまして。いつものごとく、校正時の私の首を絞めました。ページ数的に。

挿絵をご担当くださった、駒城ミチヲ先生。キャラ達を素敵にしてくださって、本当にありがとうございました。キャララフをいただいた時、どのキャラもイメージ以上に格好よくて、諸手を挙げて喜びました。カバーを始め、どのイラストもすごく雰囲気を大切にしてくださっていて。本になった時がすごく楽しみです。

お世話になっております、担当様。改稿にあたり、丁寧で的確なご指摘を本当にありがとうございました。どう直したものかと途方に暮れていたので、色々とご相談にのっていただけて、とても助かりました。ご迷惑おかけしないよう頑張りますので、今後ともどうぞよろしくお願いいたします。

最後になりましたが、この本を作るにあたりご尽力くださった皆様、そして誰よりも、手に取ってくださった方々に、心から御礼申し上げます。少しでも楽しんでいただけていることを祈るばかりです。

よろしかったら、感想等聞かせていただけると幸いです。

それでは、またお会いできる機会を祈りつつ。

二〇一五年　霜降　杉原朱紀

✦初出　傲慢な誓約、誓約の証………同人誌発表作品を大幅加筆修正
束縛のくちづけ………………書き下ろし

杉原朱紀先生、駒城ミチヲ先生へのお便り、本作品に関するご意見、ご感想などは
〒151-0051 東京都渋谷区千駄ヶ谷 4-9-7
幻冬舎コミックス　ルチル文庫「傲慢な誓約」係まで。

幻冬舎ルチル文庫

傲慢な誓約

2015年11月20日　第1刷発行

✦著者　杉原朱紀　すぎはら あき

✦発行人　石原正康

✦発行元　株式会社 幻冬舎コミックス
〒151-0051 東京都渋谷区千駄ヶ谷 4-9-7
電話 03(5411)6431［編集］

✦発売元　株式会社 幻冬舎
〒151-0051 東京都渋谷区千駄ヶ谷 4-9-7
電話 03(5411)6222［営業］
振替 00120-8-767643

✦印刷・製本所　中央精版印刷株式会社

✦検印廃止

ISBN978-4-344-83577-1　C0193　Printed in Japan